Arne Roß
Pauls Fall

Schöffling & Co.

Der Autor dankt der Berliner Senatsverwaltung für Wissenschaft, Forschung und Kultur, der Wohnungsbaugesellschaft Berlin-Hellersdorf (WoGeHe) und dem Künstlerhaus Schloss Wiepersdorf für die Unterstützung bei der Arbeit an diesem Buch.

Erste Auflage 2006

Satz: Reinhard Amann, Aichstetten
Druck & Bindung: Pustet, Regensburg
ISBN 10 3-89561-211-1
ISBN 13 978-3-89561-211-4

www.schoeffling.de

They also serve who only stand and wait.
John Milton, On His Blindness

I

Paul fuhr herum, suchte mit seinen Blicken die Uhr, fand sie über der Küchentür, verweilte so, kauernd fast, drehte dann den Kopf langsam wieder nach vorne und schaute durch das aufgeklappte Fenster hinaus, die Ellenbogen auf die Zeitung gestützt und vorgebeugt. Draußen war kein Mensch zu sehen, ein paar Blätter lagen auf der Straße und in der Einfahrt, ein schwacher Wind wehte darüber hinweg. Der alte Mann seufzte, lehnte sich zurück und rieb seinen Ellenbogen. Er las weiter.

Um kurz nach zwölf sah er ein zweites Mal auf die Uhr. Eine Weile verharrte er so, bis sich sein Gesicht verzerrte und er den Kopf vorsichtig wieder zum Fenster drehen musste. Der Dunst hatte sich davongemacht, von Wolken war nichts zu sehen. Ein Streifen Sonnenlicht lag auf dem Küchentisch.

Einige Minuten später wandte er sich ein drittes Mal um, hielt es aber nicht lange aus, die Zeiger mit seinen Blicken voranzutreiben. Mit den Händen nahm er seine Beine unter dem Küchentisch hervor und machte es sich, nach einer halben Drehung auf dem Stuhl, mit direktem Blick auf die Uhr bequem. Von der Uhr schweifte sein Blick durch die Küchentür zum Flur und durch den Flur ins Schlafzimmer und im Schlafzimmer zum Bett und neben dem Bett zum Nachttisch mit dem Wecker, der Taschenlampe und dem aufgeschlagenen Buch, das auf einer das Holz schützenden Glasplatte lag, und in der Glasplatte bewegte sich etwas, Sekundenbruchteile bloß, durch den gespiegelten Fensterhimmel.

Er wartete, bis ein zweiter Schatten über das Glas huschte, er hörte Flügelschlagen. In der darauffolgenden Stille schloss er die Augen und massierte seine Stirn, die jetzt in Falten lag. Er öffnete die Augen wieder, vergewisserte sich mit einem raschen Blick der Uhrzeit, halb eins, schwenkte seinen Körper zurück vor den Küchentisch und schaute aus dem Fenster.

Vor dem Haus stand eine junge Kastanie, die noch nicht viele Blätter verloren hatte und dem alten Mann mit der Kraft des an diesem Tag zur Verfügung stehenden Lichtes auf die Zeitung leuchtete. Gegenüber der Kastanie wuchs im Schatten zweier gelbverfärbter Lärchen ein Essigbaum, dessen Blätter teils die Einfahrt, teils die umliegenden Beete bedeckten, nur seine dunkelroten Spitzen lagen in der Sonne, deren Licht inzwischen vom Küchentisch auf die Fensterbank gewandert war, dieses wie der Tag und die Luft unversehrte Licht. Und die Luft strich durch das Fenster herein, sie roch nach einem letzten milden Tag im Herbst, sie trug die Sonnenstille der Straße ins Haus.

Er blieb am Küchentisch sitzen und schaute eine Weile in die Zeitung, ohne umzublättern und ohne sich noch einmal der Zeit zu vergewissern. Der Wind frischte auf, die hängenden Zweige der Birke vor dem Haus auf der anderen Seite der Straße begannen zu tanzen. Die hereinströmende Luft bewegte eine Ecke der Zeitung, und er schob seine Hand darüber. Das Geräusch verschwand. Die Zweige der Birke hingen jetzt reglos herab. Über ihr, in großer Höhe, flog ein Flugzeug vorbei, schnell und kaum hörbar. Es verschwand hinter dem schwarzen Dach des gegenüberliegenden Hauses.

Er zog die Hand zurück, und aus dieser Bewegung heraus strich er über die Zeitung und den Küchentisch, immer wieder, von links nach rechts, und vorsichtig, als wolle er sie nicht richtig berühren. Dann seufzte er auf, griff mit der linken Hand nach einem roten Kugelschreiber, drückte die Mine aus dem Gehäuse und fuhr fort zu lesen. Nach ein paar Sätzen hielt er inne, nahm den Kugelschreiber in die rechte Hand und setzte ihn vorsichtig, mit zittrigen Fingern, auf das Papier. Er begann, das, was er schon gelesen hatte, zu unterstreichen, kam bald darüber hinaus, unterstrich und las jetzt gleichzeitig, immer schneller, drückte fester auf, und seine Finger klammerten sich an den Kugelschreiber, als ziehe dieser sonst ohne sie fort. Dort, wo es ihm gelang anzuhalten, riss das dünne Papier der Zeitung auf.

Als er fertig war, nahm er einen blauen Kugelschreiber, setzte, weil er fast alles unterstrichen hatte und sich im Roten nicht mehr zurechtfand, an, ein zweites Mal durch den Artikel zu gehen, hielt abermals inne und schaute auf das Bild in der Mitte. Es zeigte einen aus großen weißen Steinen gemauerten Rohbau eines Einfamilienhauses, das eingerahmt war von zwei Pappeln in vollem Laub, und in dessen Dachstuhl ein Zimmermann arbeitete. In der Öffnung für die Haustür, vor einem langen Brett, das den treppenlosen Eingang überbrückte, saß ein struppiger, weißer Hund, er hatte die Ohren gespitzt und schaute in die Kamera.

Paul ließ den Kugelschreiber los. Mit einem kräftigen Ruck zog er die Küchentischschublade auf, so weit, dass sie ihm gegen den Bauch stieß. In der Schublade lag alles Mögliche durcheinander, Stifte, Zettel, Münzen, auch eine alte Schere schob er beiseite, Blechdöschen, in denen es klapperte, ein paar brüchige Gummibänder, aber er fand nicht, was er suchte. Wo ist denn das, sagte er und wollte die Schublade zuschieben, doch sie klemmte, er zerrte und rüttelte an ihr, bis sie sich plötzlich löste, sie schloss mit einem Knall.

Während er nun wieder aus dem Fenster sah, tastete er über die Zeitung, stieß gleich gegen eine flache Erhebung, zog, ohne hinzusehen, ein altes Holzlineal unter der Zeitung hervor, beugte sich nach vorn und beobachtete den Weg, der an der Kastanie vorbei zum Haus führte. Er verharrte und horchte. Er hörte eine Autotür zuschlagen, er hörte einen Motor. Einige Augenblicke später fuhr ein Auto langsam am Küchenfenster vorbei, der Fahrer beugte sich über den Beifahrersitz und grüßte den alten Mann. Paul grüßte nicht zurück.

Er erhob sich jetzt, um einen besseren Blick auf den Plattenweg zu haben, und beugte sich, auf den Küchentisch gestützt, weit vor. Jenseits des Weges reichten die Beete, bepflanzt mit Rosen und in der

Mitte unterbrochen von einem Gartenzaun, bis zum Nachbarhaus, von dem er den vorderen Teil sah, davor eine Katze, die über den Rasen schlich und etwas beobachtete, was außerhalb seines Blickfeldes lag. Von der Straße aus betrachtet unterschied sich sein Haus nicht von dem seiner Nachbarn, das weiße Holz, das die Mauern verkleidete, das schwarze Dach, der Sockel mit den Kellerfenstern, in die Jahre Gekommenes, Fertiges.

Wie bei Paul war das Küchenfenster des Nachbarn nach innen gekippt, und auch er saß am Küchentisch und las in der Zeitung, nur der Streifen Sonnenlicht auf dem Küchentisch hielt sich dort länger als hier.

Vom Nachbarn auf der anderen Straßenseite war nichts zu sehen; der Rasen vor dem Haus war frisch gemäht, nur am Stamm der Birke stand noch hohes Gras. Paul setzte sich wieder hin, legte das Lineal aus der Hand und drehte sich zur Uhr, es ging auf eins zu. Kaum merklich schüttelte er den Kopf, wie über etwas, mit dem er sich abfinden musste. Er stand erneut auf, verließ sogar seinen Platz, ging zu dem Kalender, dem der Gaswerke, nahm das rote Rähmchen und steckte es vom achtzehnten auf den neunzehnten Oktober, einem

Sonntag, ließ es aber nicht los, zog es sogar zur Hälfte wieder heraus und schob es doch zurück.

Das Bild des Oktober zeigte die Häuser und Türme Berlins hinter einem herbstlich verfärbten Park im Morgendunst, das Sonnenlicht berührte die Baumkronen. In der Mitte des Bildes, jenseits der die Stadt teilenden Mauer, erhob sich das Brandenburger Tor, eigenartig nah und schmutzig unter den Schichten verdorbener Träume vom Himmel, ein Flugzeug zog einen Kondensstreifen über dem Fernsehturm, über dem Schlot eines Heizkraftwerkes, über den Hochhäusern am Horizont.

Neben dem Kalender hing eine kleine Pinnwand aus Kork, er studierte dort einige Termine, die unter der Abkürzung ›G.‹ und dem Wort ›Landfrauen‹ auf einem karierten Zettel verzeichnet waren. Langsam fuhr er mit dem linken Zeigefinger über die Zahlen des Zettels, ohne innezuhalten, dann, über dem Termin des zwanzigsten Oktober, ließ er ihn plötzlich herabsacken, als sei er über eine Grenze hinausgeraten.

Der Zeigefinger hatte einen verformten, krallenartigen Nagel, die Haut der Fingerkuppe sah aus wie stümperhaft genäht, kleine Falten, die nicht mehr zu glätten waren, und mit diesem Finger kratzte er sich nun am Kopf, er schaute sich in seiner Küche um, die gelben Hängeschränke zu beiden Seiten, sein Platz am Fenster, die Spüle mit dem Frühstücksgeschirr, der Herd, der Kühlschrank, die Pinnwand mit den Terminen, der Kalender, der Stuhl neben der Küchentür, die Uhr darüber, der Brotkasten, die Brotschneidemaschine, die Durchreiche zum Wohnzimmer, sein Platz, und wieder zurück, bis sein Blick durch die Küchentür in den Flur wanderte und von dort ins Schlafzimmer, wo Staub träge durch einen jetzt hereinfallenden Sonnenstrahl trieb. Ein Lächeln fuhr über sein Gesicht.

Er setzte sich wieder an seine Zeitung und unterstrich die wichtigsten, schon rot unterstrichenen Passagen des Artikels noch einmal mit Blau. Er drückte fest auf, sah, wenn er den Kugelschreiber absetzte, seine Hand zittern, gelegentlich rutschte er ab. Aber er war beruhigt, dass er konzentriert arbeiten konnte, ohne aus dem Fenster zu schauen. Erst als draußen der auffrischende Wind die Kastanie schüttelte und sich die Gärten und die Straße mit dem Geräusch fallender Blätter, Früchte und Zweige belebten, hob er den Kopf. Er roch etwas – und sprang auf, knickte um und humpelte zum Backofen, öffnete ihn und rettete den Kuchen.

Als G. heimkam, saß er immer noch am Küchentisch und schaute aus dem Fenster, er sah aus, als habe er geschlafen, sein Haar war zerzaust, sein Hemd hing aus der Hose. Was machst du da, fragte sie und stellte die Einkaufstasche auf den Stuhl neben der Tür. Er reagierte nicht. Er ließ sie die Sachen auspacken und in den Kühlschrank stellen, er ließ sie sagen, ich habe den Joghurt vergessen, kannst du ihn nachher besorgen, du wolltest doch sowieso nochmal raus, er ließ sie reden. Er schaute aus dem Fenster, strich mit der Hand über den Küchentisch und schwieg. Er hörte, wie sie ihre Einkaufstasche in der großen Schublade unter der Brotschneidemaschine verstaute. Soso, sagte er auf einmal, wann soll ich das denn noch machen? Sie antwortete nicht, sondern pfiff, während sie das Brot in den Brotkasten legte, im Flüsterton eine kleine Melodie vor sich hin. Hörst du, sagte Paul. Aber sie war schon auf dem Weg durch den Flur, er hörte sie die Kellertür öffnen und hinuntergehen, ihr Pfeifen verstummte. Kurz darauf fiel etwas zu Boden, es gab einen trockenen, metallischen Laut. Dann kam sie wieder herauf, zog ihre Steppjacke aus, hängte sie an die Garderobe neben dem Spiegel im Flur und ging ins Bad, wo sie sich die Hände wusch. Er hörte sie die Badezimmertür schließen.

Was ist los, Paul? Er erschrak. Sie stand neben ihm, mit ihrem Portemonnaie, das sie in die Küchentischschublade legen wollte, aber er saß davor und blickte sie nicht an, er schaute aus dem Fenster. Komm, mach mal Platz, sagte sie, beugte sich zu ihm herunter und gab ihm einen Kuss auf die Stirn, auf die Falte zwischen den Augenbrauen, die er sich eben noch gerieben hatte. Du schwitzt ja, sagte sie, ihre Brille war ein bisschen beschlagen. Du hast dein Strickhütchen noch auf, sagte er mit Blick auf die Zweige der Birke, die hin- und herschwangen, ich habe stundenlang auf dich gewartet, ich wollte längst weg sein. Er nahm ihr das Portemonnaie aus der Hand, wollte aufstehen, um die Schublade zu öffnen, aber G. berührte ihn plötzlich am Arm. Und was ist mit dem Kuchen, fragte sie. Er zeigte zum Herd. Da steht er doch, antwortete er, den hab ich gerettet, du hast den Wecker nicht gestellt, du wolltest doch um zwölf wieder zu Hause sein. Er zog die Schublade mit einem Ruck auf, warf das Portemonnaie hinein und stieß sie wieder zu. Warst du zwischendurch eigentlich mal da? Sie lächelte ihn an. Hörst du, fragte Paul. Bisschen dunkel, sagte sie, aber es geht, auch ohne Zuckerguss.

Während sie das Frühstücksgeschirr abwusch, blieb er sitzen und drehte seine Teetasse in den

Händen, die wasche ich selbst ab, sagte er zum Fenster hin. Auf der Tasse waren, innen und außen, ein paar dunkelgraue, bläulich schimmernde Fledermäuse zu sehen. Eine von ihnen flog hinaus zum Henkel. Eine andere hing darin und schlief. Die dritte flog an der äußeren Wand hinauf, und er verfolgte ihren Flug über den Tassenrand hinaus und rasch wieder hinein und hinunter, bis auf den Boden, wo in einem trockenen Rest Tee eine kleine Fliege klebte, neben der vierten Fledermaus, die dort ihre Flügel ausbreitete. Wir müssen die Blumen aus dem Haus schaffen, sagte er, diese Viecher sind überall. Er steckte den Zeigefinger mit dem krallenartigen Nagel in die Tasse. Als er ihn wieder herauszog, klebte die Fliege daran. Das saubere Geschirr muss ich auch immer erst abwischen, sagte er, selbst in den Schränken sind Fliegen. Sie pfiff ihre Flüstermelodie vor sich hin und klapperte mit den Tellern. Und setz endlich dein Strickhütchen ab, sagte er, ohne sich umzudrehen.

Sie stellte das Geschirr in den Schrank. Gib her, sagte sie und forderte seine Tasse, um sie abzuspülen. Er schob sie ihr in die Hand, aber sei vorsichtig, sagte er. Den Zitronenkuchen nimmst du nachher mit zu Professor Schneider, fuhr sie fort und hielt ihre Nase in einen Luftzug, der durch das

Küchenfenster hereinkam, riecht gut, findest du nicht? Er schaute auf die sanft bewegten Zweige der Birke. Was sollen denn die mit dem Kuchen, den backst du doch nur, weil er dir immer seinen Sandkuchen aufzwingt. Nein, sagte sie, die kommen heute von der Beerdigung seines Schwagers zurück, die freuen sich über die Aufmerksamkeit, ich habe ihnen Bescheid gesagt, dass du kommst. Du mit deinen Aufmerksamkeiten, brummte er und entdeckte ein paar Wolken am Himmel, die Sonne verschwand, und draußen fuhr ein Auto durch den Schatten. Der Fahrer grüßte, Paul grüßte. Dr. Frost kommt gerade nach Hause, sagte er und lachte. Die Sonne tauchte wieder auf, das Auto bog in die Einfahrt des Hauses hinter der Birke ein. Und was ist eigentlich mit Frau Schneider, fragte er nach einer kleinen Pause und drehte sich zu G. um. Sie gab ihm seine Tasse zurück und lächelte ihm zu. Hörst du? Was denn, fragte sie. Nichts, antwortete er, ich wollte nur wissen, ob Dr. Frost schon sechzig ist.

Ein paar Minuten später hörte er eine Böe anschwellen, sie hielt für einen Moment ihre Kraft und flaute dann ab, ohne ganz nachzulassen, einige Blätter der Kastanie fielen herab, kleine Zweige tanzten über die Straße, ein Aufklatschen, das gefangene Rascheln, der Schauer der Vereinzelung. Ich mach mich auf den Weg, sagte er und legte seine zu Fäusten geballten Hände auf den Tisch, als habe er in diesem Augenblick eine lebenswichtige Entscheidung getroffen, er stemmte sich hoch, verlagerte, indem er vom Tisch abließ, das Gewicht seines Körpers von den Fäusten auf sich selbst und geriet darüber ins Schwanken, oh, stöhnte er, er machte Anstalten, sich wieder auf seinen Stuhl fallen zu lassen, fing sich aber über dem Küchentisch, gebeugt, sein Haar hing ihm ins Gesicht. Was schaust du mich so an, sagte er, ohne sich umzudrehen, und schlug mit der flachen Hand auf den Tisch, aber er bekam keine Antwort. Sein Atem ging schwer, er schaute auf den Küchentisch, er sah ein paar Krümel, die vom Frühstück übrig geblieben waren, neben der zusammengefalteten Zeitung, den Kugelschreibern, dem Lineal und der Tasse. Und er zuckte zusammen, als habe ihn etwas berührt.

Nachdem er den Küchentisch und schließlich den Linoleumfußboden lange genug angestarrt hatte, entdeckte er auch vor dem Stuhl noch einige Überbleibsel seines Frühstücks. Er versuchte sie mit dem rechten Fuß zur Seite zu schieben, blieb aber hängen, er konnte nicht sehen, woran, und sein Blick kletterte über den Schuh hoch zum rechten Bein seiner Hose, zu den Flecken darauf, an denen er mit seinem beschädigten Zeigefinger zu kratzen begann, langsam und behäbig, aber da war kaum etwas herauszukratzen. Dann entdeckte er andere Flecken, bearbeitete auch sie, jetzt mit mehr Druck und mit Hilfe der anderen Finger, er kratzte das Bein, sein Geschlecht, seinen Bauch, den Arm, mit dem er sich abstützte, den Kopf, seine Ohren. Ich mach mich auf den Weg, sagte er, hörst du. Er legte die Hand auf den Tisch und sah gesenkten Kopfes durch die Armbeuge hindurch zur Küchentür, aber da war niemand, nur der Flur kopfüber, ein paar blasse, unruhige Schatten, die aufgezogenen Vorhänge im Schlafzimmer, durch das, allmählich fahler werdend, immer noch ein Sonnenstrahl fiel, der Nachttisch mit dem Buch und die Seiten, die sich bewegten, auf einmal leicht aussehende Dinge, und ein bisschen steif.

Bist du da irgendwo, fragte er leise, und langsam hob er den Kopf, der Küchentisch erschien in seinem Blick, die Fensterbank und darauf eine tote Fliege, die getrockneten Umrisse einiger Regentropfen auf der Fensterscheibe, die Einfahrt, die jetzt, da die Sonne langsam hinter das Haus wanderte, schon ein wenig im Schatten lag, und die wie von selbst leuchtenden Farben des Vorgartens und die Straße, die Birke, der Nachbar – Paul richtete sich auf und nahm Haltung an.

Während er zur Seite trat, stützte er sich wieder auf die Stuhllehne, dann schob er, aus dem Stützen heraus, den Stuhl ordentlich an den Küchentisch.

Als er seinen Mantel, der mit einem blauen Beutel auf dem Bügel hing, von der Garderobe nehmen wollte, sah er sich im Spiegel, einen alten, ungekämmten Mann, dem das Hemd unter dem Pullover heraushing. Er ließ den Mantel auf dem Bügel und ging ins Bad, wo er die Hose öffnete und die Unterwäsche und das Oberhemd neu ordnete. Vor dem Waschbeckenspiegel kämmte er sein Haar nach hinten und besah es, indem er den Kopf hin und her drehte, von den Seiten. Dann nahm er ein Fläschchen vom Bord unter dem Spiegel, öffnete es, befeuchtete zwei Finger und verteilte das Duftwässerchen mit einem leisen Klatschen hinter die Ohren, nicht ohne eine Augenbraue hochzuziehen und sich, schon im Gehen, zuzuzwinkern. So, sagte er, einkaufen.

Auf dem Rückweg zur Garderobe bemerkte er, dass die Kellertür offen stand, unten brannte Licht, und er hörte G. etwas auspacken und ins Regal stapeln. Was machst du denn da, rief er hinunter, ohne eine Antwort abzuwarten, er ging zurück zur Garderobe, nahm den Beutel vom Bügel, dann den Mantel, fand auch gleich in die Ärmel und ging noch im Anziehen in die Küche, wo der in Silberfolie gewickelte Kuchen auf ihn wartete. Wer soll das bloß alles essen, sagte er, während er einen Blick auf die Uhr warf, es war nach eins. Der ist doch viel zu schade für ihn. Nein, sagte er und fuhr mit einer zackigen Handbewegung über den Küchentisch, nein, und nahm den Kuchen hoch. Er wollte ihn in den Beutel stecken, doch da riss die Silberfolie ein Stück auf und ein paar Krümel rieselten herab, die er aufzufangen versuchte. Das wenige, was er auffing, warf er in die Spüle, den Kuchen stellte er wieder zurück. Nein, sagte er und ging zur Kellertür.

Ich mach mich auf den Weg, rief er hinunter, ich bin zum Abendbrot wieder da, hörst du? Sie unterbrach das Sortieren, ihr Gesicht erschien unten an der Treppe. Schrei doch nicht so, sagte sie, sie keuchte, was meinst du? Für wen der eingepackte Kuchen da ist, sagte er, da auf dem Herd. Das weißt du doch, antwortete sie, ich hab es dir eben gesagt, der ist für Professor Schneider. Aha, antwortete er, den soll ich wohl mitnehmen. Sie schaute ihn an und schwieg. Ich gehe jetzt sowieso, sagte er, ich bin zum Abendbrot zurück. Er hörte in der Küche die Backofenuhr klingeln. Und nimm endlich dein Strickhütchen ab, sagte er. Warte, antwortete sie und setzte es ab, ein paar silberne Haare klebten ihr an der Stirn, du kannst es mitnehmen. Sie sah ihn über den Rand ihrer Brille hin an und reichte es ihm, er kam ihr ein paar Stufen entgegen, streckte sich, da berührten sich ihre Finger. Und geh nicht vor drei zu Professor Schneider, die machen immer Mittagsschlaf, sagte sie. Ja, sagte er und lachte. Außerdem feiern sie heute in der Neubausiedlung Richtfest, setzte sie hinzu, der Pastor ist bestimmt auch da. Das war doch schon längst, sagte er.

Oben legte er das Strickhütchen neben seine übereinander gestapelten Hüte auf die Garderobe. Einige von ihnen hatten Flecken, die bei dem Versuch, sie zu entfernen, verwischt waren und auf diese Weise an Umfang zugenommen hatten, mit einem alten, dunklen Kern in der Mitte. Ich gehe ohne Hut, rief er den Flur entlang, er drehte einen in den Händen und strich über den speckigen Rand. Was ist denn nun noch, fragte sie, die die Kellertreppe heraufgestiegen war und im Flur stand, du bist ja immer noch da. Ja, sagte er, der Hut. Ja, antwortete sie, der Hut, es ist warm draußen. Also, bis nachher, sagte er. Er ging mit großen Schritten zur Haustür. Warte mal, Paul! Sie schwieg und lauschte. Das Telefon hat geklingelt. Sie hielten den Atem an. Sie hörten, wie der Wind ums Haus ging. Da, sagte Paul. Sie sahen sich an. Nein, sagte sie, doch nicht, vielleicht war es das letzte Klingeln, das ich eben gehört habe. Ich höre nichts, sagte er, wer sollte denn jetzt auch anrufen, der Junge nicht. Nicht jetzt, fügte er hinzu und kratzte sich am Ohr, oder es ist mal wieder deine Frau Thiel gewesen. Aber Rosemarie kommt doch heute Abend, erwiderte sie, warum soll sie noch anrufen. Überhaupt, sagte er, seit Tagen hat das Telefon nicht mehr geklingelt, es ruft niemand mehr an. Oder es ist kaputt. Sie verschwand auf der Kellertreppe. Du könntest ihr ja absagen, sagte er, er ging bis zur Kellertür und schaute ihr hinterher. Sie blieb stehen. Hast du verstanden, fragte er. Ja, antwortete sie und stieg weiter hinunter, ich bin nicht schwerhörig.

Dann ging er, legte den Hut auf den Küchentisch und steckte den eingewickelten Kuchen in den blauen Beutel, er knöpfte seinen Mantel zu. Im Flur warf er einen letzten Blick in den Garderobenspiegel, strich sich durchs Haar, das wieder nach vorne gefallen war, sah das Strickhütchen auf der Hutablage zusammensacken und schaute die Treppe ins obere Geschoss hinauf. Dort war alles dunkel.

Als er schon draußen stand, sah er G. durch den Flur und das Wohnzimmerfenster hindurch in den Garten kommen, sie trug einen Laubbesen und einen alten Farbeimer, in dem Spitzhacke, kleine Harke und Handschaufel steckten, diese Dinge. Er sah ihr zu, wie sie auf dem Rasen mit dem Laubharken begann, und wartete so lange, bis sie für einen kurzen Augenblick aufschaute und er ihr eine Kusshand zuwerfen konnte. Sie winkte mit ihrem ausgeblichenen rosa Gummihandschuh zurück, mit dem anderen Arm wischte sie sich den Schweiß von der Stirn.

II

Nachdem er abgeschlossen hatte, rüttelte er an der Haustür, um sich zu vergewissern, dass sie richtig ins Schloss gefallen war. Durch das gelbe, gewellte Glas sah er G.s Umrisse, sie stand jetzt direkt vor der Terrassentür, und erst als sie von dort wieder verschwunden war, wandte er sich um und ging, vorsichtig die Füße auf die flachen Stufen setzend, durch den Vorgarten zur Straße hinunter. Auf Höhe der Kastanie, deren herabgefallene Blätter den Plattenweg verbargen, entdeckte er, dass hinter der Birke gegenüber ein Mann näher kam und leicht gebeugt, jedoch zielstrebig, auf die Straße zusteuerte. Es war Dr. Frost.

Paul blieb stehen und wartete, bis Dr. Frost die Straße überquert und das untere Ende des Plattenweges erreicht hatte. Warten Sie, rief er ihm, der ihn jetzt erst sah, entgegen, ich komme gleich, ich wollte sowieso eine Runde drehen, ich habe nur noch etwas vergessen. Er stieg die Stufen zurück und rüttelte erneut am Knauf. Die Tür war verschlossen, sie ließ sich nicht bewegen.

Auf dem Weg zurück zu Dr. Frost drang aus Richtung der Gärten, die hinter dem Haus lagen, das Flappen von Hubschraubern heran. Es war eine ganze Hubschrauberstaffel, die über die Siedlung kam. Heute ist Kampftag, rief Dr. Frost, in den Feldern beim Gutshof sollen überall Manöverfahrzeuge stehen, ein paar Panzer habe ich auch schon gesehen, hinten beim Auffanglager. Sie schüttelten einander die Hände. Dr. Frosts Hand fühlte sich kühl und feucht an. Plötzlich tauchte noch ein einzelner Hubschrauber auf, seine Rotoren wischten durch den wolkenlosen Himmel. Dann brach der Lärm ab. Kaum ist Herbst, hat man hier keine Ruhe mehr, sagte Dr. Frost, und das ausgerechnet heute, die Zeitung sagt, so warm war es im Oktober lange nicht, Ihre Frau arbeitet ja sogar im Garten. Ja, sagte Paul, es soll regnen.

Dr. Frost redete eine Weile über das Wetter, über den heißen Sommer und über die Winter der vergangenen Jahre, und er sprach hastig, stotternd fast, er war nervös. Und, stieß er plötzlich hervor, haben Sie vorhin auch die Tiefflieger gehört? Wann soll das gewesen sein, fragte Paul. Gegen zwölf. Nein, antwortete er, ich habe gearbeitet. Aber die

Wände haben doch gewackelt, als würden sie gleich einstürzen, rief Dr. Frost und riss die Augen auf. Dann seufzte er. Unsere Häuser kommen langsam in die Jahre, diese Pappschachteln, unseres brauchte auch mal wieder einen neuen Anstrich. Er verstummte und fuhr sich mit der Hand durch das graue Haar. Seine Augen lagen tief in ihren Höhlen. Wenn bloß dieser Kriegslärm nicht wäre, sagte er. Paul horchte auf. Diesmal flog ein Hubschrauber in größerer Entfernung vorüber, er war nirgends zu sehen.

Also, sagte Paul, ich mach mich auf den Weg. Ja, sagte Dr. Frost hastig, der Wind zauste ihm ein wenig im Haar, Strähnen hingen in seine Stirn, er schob sie zurück, aber der Wind gab nicht nach, und Dr. Frost musste sein Haar festhalten. Ich geh nachher auch nochmal los, sagte er, zum Richtfest in der Neubausiedlung, er sprach an Paul vorbei, als sehe er sich schon auf dem Weg dorthin, und Paul sah auf die krummen Beine seines Nachbarn, auf die Füße, die in eng geschnürten Schuhen steckten, klobige Dinger, an denen Dreck klebte. Vorsichtig hob Dr. Frost die Hände. Man muss das gute Wetter nutzen, sagte er mit einem Blick in den Himmel.

Dann schaute er durch das Geäst der Birke zurück zu seinem Haus, eine neue Böe warf sein Haar nach vorne, es schien ihn an der Stirn zu kitzeln. Er entsann sich, es festzuhalten, und presste die Hände darauf, so als hielte er eigentlich seinen Kopf fest, zwischen den Fingern zitterten die Haarspitzen wie Strandgras. So vieles an Dr. Frost war aus Haaren gemacht, einige ragten, hochgekrochen von der Brust, unter dem Hemdkragen hervor, starker Bartwuchs, dem keine morgendliche Rasur gewachsen war, überzog sein Gesicht, es schimmerte silbrig, und sein grauer Schopf lag unter Händen, in deren Behaarung der Wind fuchtelte, die Haarwelt in Bewegung über der Blässe des Alters. Und mit Blick auf die Zweige der Birke, die jetzt allesamt in eine Richtung strebten, aus der Siedlung heraus, als zerrte etwas an ihnen, stellte Paul fest, dass es Dr. Frost nicht gut ging. Der Wind ließ nach, die Zweige fielen zurück und tanzten auf der Stelle, hinter dem Haus wogten die Äste einiger Tannen behäbig auf und nieder. Lassen Sie sich nicht aufhalten, sagte Dr. Frost mit löchriger Stimme.

Wollten Sie eigentlich zu mir, fragte Paul jetzt, aber ein Hubschrauber tauchte plötzlich hinter dem Haus auf, und es verschlug Dr. Frost die Sprache. Träge, das Heck seines dicken, länglichen Rumpfes leicht erhöht, schwebte der Hubschrauber einen

Augenblick lang über dem Haus, aufgeschreckte Tauben flogen davon, ihr Flattern und Flügelschlagen hilflos neben der Gewalt der Rotoren, Staub wirbelte auf, die Kastanie bog sich im Wind, der Boden schien zu beben. Dann schwenkte der Hubschrauber zur Seite und flog langsam, ohne an Höhe zu gewinnen, über die Siedlung hinweg, und sie schauten ihm nach, bis er verschwunden war und das Flappen verebbte.

Sie verharrten in einer Betäubung, in die sich nur langsam wieder die Geräusche der Siedlung mischten, der Lärm eines schnell fahrenden Autos auf der Hauptstraße, ein Rasenmäher, der in Gang gesetzt wurde, und eine neue Böe fuhr in die Birke, verwischte die Geräusche, im Essigbaum lösten sich letzte Blätter, Zweige schlugen gegeneinander, einige stürzten zu Boden, wurden fortgetrieben, über die Straße, in windgeschützte Ecken, wo sie sich sammelten, oder hinter kleine Haufen aus Blättern, Sand und Schmutz, die der Regen in die Rinnsteine geschwemmt hatte, und obwohl der Wind nun abflaute, hielt sich ein Widerhall in der Luft, das Stöhnen des nahenden Winters, der durch entlaubte Bäume fuhr, es versiegte nicht ganz. Aber der Tag blieb freundlich, ein Kondensstreifen führte quer über den klaren, blauen Himmel.

Dr. Frost hatte die Hände vom Kopf genommen und überließ sein Haar dem Wind, ja, sagte er, Zeit, dass ich gehe, ich muss nach Hause, Essen machen, meine Frau kommt gleich zurück. Er reichte Paul die Hand. Und was haben Sie vor? Ich gehe rasch einkaufen, antwortete Paul. Jetzt, fragte Dr. Frost, der Supermarkt hat doch zu, die machen Mittagspause. Sie schüttelten einander die Hände. Dann eben später, erwiderte Paul, ich muss noch ein paar Dinge erledigen, bei Professor Schneider vorbeigehen und dergleichen, nicht der Rede wert. Er hob den Beutel mit dem Kuchen leicht an. Grüßen Sie ihn schön, sagte Dr. Frost, ohne von Pauls Hand zu lassen, und fragen Sie ihn doch, ob er nicht mal wieder Lust hat auf eine kleine Wanderung um den See. Paul nickte. Also vielleicht bis später, beim Richtfest, fügte Dr. Frost hinzu – oder heute Abend, wenn genug Zeit ist zum Reden und weniger Lärm am Himmel.

Schönen Gruß an Ihre Frau, sagte Paul und schüttelte seine Hand frei, er tippte sich, als salutierte er, an die Stirn, also auf Wiedersehen – und ging, ohne sich des Gegengrußes zu versichern, davon, er ließ Dr. Frost stehen, er schaute sich nicht mehr um, auf Wiedersehen, und schon sah er vor sich den an einigen Stellen geflickten Asphalt, die staubigen Umrisse von Pfützen, die Reklamesendung im Rinnstein. Und in den Tiefen der Kanalisation hörte er das Gurgeln eines Abflusses.

Nachdem er am Ende der Straße abgebogen war, ging er langsamer, stockte, blieb stehen, guckte sich um und begann in seiner Manteltasche nach etwas zu suchen. Die Straße, auf der er nun stand, fiel zwischen älteren Häusern und einem niedrigen Knick, der ein Feld abschottete, steil ab zu einer alten Eiche, deren Äste über die Einmündung zur Hauptstraße ragten, und er schaute, während er weiterwühlte, hinüber zur Sparkasse, erblickte über ihrem Dach den Arm eines Baukrans, der eingerahmt war von zwei Pappeln, sah dahinter die von weiteren Knicken durchzogenen Wiesen und Felder, einzelne Bäume und Büsche, auch Baumreihen, und die Überlandleitungen, die sich in lang gezogenen Wellen hoch über dem Eisenbahngleis spannten.

Zögernd ging er in diese Richtung weiter, durchsuchte auch die andere Manteltasche, tat dabei, als schaute er immer noch in die Ferne. Sie haben da etwas verloren, sagte plötzlich jemand. Er drehte sich um und sah einen älteren, aber immer noch kräftigen Mann hinter dem Knick auf dem Feld stehen. Vor ihm, etwas abgewandt von Paul, saß ein zweiter, jüngerer Mann, er trug einen schwarzen Hut, und Paul sah, dass er ein Butterbrot aß und eine Flasche Bier in der Hand hielt. Hinter den beiden Männern, am Rande des Feldes, lag ein unfertiges, aus alten Holzlatten gezimmertes Gerüst, an dem ein großes Schild lehnte. Darauf war neben den Namen von Auftraggebern, Architekten und Baufirmen eine Fotografie zu sehen, die das Modell einer Einfamilienhaussiedlung zeigte. Die Wände der Häuser waren weiß, ihre Dächer schwarz. Auf der Straße und in den Gärten standen Figuren aus durchsichtigem Kunststoff, spielende Kinder und Nachbarn, die über die Zäune hinweg in ein Gespräch vertieft waren. Am äußeren linken Bildrand bog ein Auto in die Einfahrt eines Hauses, niemand saß darin, das Auto hatte keine Sitze, sein Inneres war leer. Das Modell der Siedlung hatte man von schräg oben aufgenommen, sodass auch die alte Eiche an der Hauptstraße, ein Baum aus braunem und grünem Karton, noch auf das Bild passte.

Nicht dass ich wüsste, sagte Paul. Sehen Sie, da liegt es, sagte der Mann und deutete auf etwas Buntes, das im Gras neben dem Knick lag, einen in Papier gewickelten Bonbon, ist Ihnen gerade aus der Tasche gefallen. Paul hob den Bonbon hoch. Danke, sagte er, was machen Sie da überhaupt auf unserem Feld? Na, sehen Sie doch, sagte der Mann, hier soll gebaut werden. Davon weiß ich nichts, erwiderte Paul, er strich über die Blätter eines Busches, ein paar lockere riss er ab, auch einen kleinen Zweig. Im gleichen Augenblick fing auf der anderen Straßenseite, hinter einer Tür zwischen Haus und Garage, ein Hund an zu bellen, heiser und um Lautstärke bemüht, jenes Kläffen alternder Hunde, die, auch wenn sie frei herumlaufen, nicht mehr weit damit kommen.

Na, dann weiß ich ja Bescheid, sagte Paul und begann den Bonbon auszuwickeln. Alles klar, antwortete der Mann, und auch sein Kollege drehte sich um, er grinste über die ganze Breite seines blassen und zugleich fleckigen Gesichts, hob den Daumen und grüßte wortlos. Mahlzeit, sagte Paul und legte sich den Bonbon auf die Zunge. Er tippte zum Gruß mit der Hand an die Stirn, öffnete den Beutel so weit, dass er das Bonbonpapier ohne Mühe hineinfallen lassen konnte, aber es fiel daneben, und er musste sich bücken.

Als er wieder hochgekommen war, sammelte er sich einen Augenblick lang, fing an, den Bonbon zu kauen, zog dabei seine Kleider zurecht und knöpfte den Mantel zu, er hörte einen Eisenbahnzug davonrauschen. Plötzlich aber drehte er sich um und ging die Straße in die entgegengesetzte Richtung, er nahm jetzt den Bürgersteig, der Hund bellte ihm nach. Zu seiner Rechten standen die älteren, teils hinter ihren Vorgärten versteckten Häuser, sie unterschieden sich alle voneinander, und von hier aus hatte er, als er sich zur Seite wandte, einen weiten Blick über den Knick und über das Feld in die Siedlung mit ihren Gärten, mit ihren immer gleichen Bäumen, den Birken, Tannen und Obstbäumen, ein Schaukelgerüst ragte dazwischen heraus, ein Gewächshaus, ein Essigbaum, und Wäsche hing auf den Leinen in der Sonne.

Als er spürte, dass ihm etwas Spucke aus dem Mundwinkel lief, blieb er stehen. Kurz bevor sie heruntertropfte, wischte er sie mit dem Handrücken weg, er besah die braunen Schlieren und Bläschen auf seiner Haut, rieb die Hand an der Hose ab und ging weiter. Vor ihm lag jetzt eine leicht abschüssige und schnurgerade Straße, zu beiden Seiten, hinter Hecken und zwischen einzelnen Tannen und Laubbäumen, die Dächer und Fassaden anderer Häuser, dahinter ein Tannenwald, durch den die Straße wie durch eine Schlucht führte, zu einem Maisfeld, und schließlich, dort, wo die Straße zu enden schien, zu einem Schilfgürtel, über dem ein Raubvogel kreiste.

III

Er wanderte zügig, den Kopf aufrecht und in der Ferne etwas suchend, jenseits des Tannenwaldes, des Maisfeldes, des Schilfs, er blinzelte angestrengt, bis es aufblinkte, das Wasser, der See. Jetzt hatte er die Siedlung hinter sich gelassen, und zu beiden Seiten der Straße wechselten mit jedem neuen Grundstück Stil und Farbe der Häuser, immer ausschweifendere Einfahrten folgten, mächtige Hecken und Zäune, manchmal führten Fahrwege tief in die Gärten hinein, und nur ein Schuppen oder eine Garage war zu sehen, die Wohngebäude blieben verborgen. Dann aber standen ein paar niedrige Backsteinhäuser direkt an der Straße, mit unscheinbaren Pforten und weiten, waldigen Gärten, und in den ausgedünnten Kronen der Tannen war der fast unmerkliche Rest einer Bewegung und ein Hauchen, das allmählich leiser wurde mit dem nachlassenden Wind. Niemand war zu sehen, niemand bewachte die Gärten. Niemand hatte die

Zeitungen, Prospekte, die großen Postsendungen aus den Briefkästen und Röhren an den Toren und Pforten gezogen.

Er kam an einem Haus vorbei, das leer stand, es hatte ein spitzes, hohes Dach. Der Garten schien sich selbst überlassen zu sein, man hatte aufgehört, den Rasen zu mähen und das Gebüsch zurechtzuschneiden, Unkraut überwucherte den Plattenweg, der zur Haustreppe führte. An einigen Stellen war das Wuchernde zusammengesackt, es sah schlaff aus und müde. In einem Apfelbaum leuchteten Äpfel.

Paul blieb stehen. Er hörte das Geräusch eines Rasenmähers, und Spatzen tobten im undurchdringlichen, dornigen Gebüsch des Vorgartens. Über einige Sträucher verteilt lagen die welken Blätter eines wilden Weines, der sich an der Fassade, einer Wand aus rotem Klinker, die überzogen war von Flechten und Moos, bis zur Regenrinne hochgerankt hatte. Vor der Haustreppe ging ein Plattenweg nach rechts ab, zerbröckelte, verlor sich zwischen den Gräsern und unter den Zweigen einiger Büsche, bis er vor einer Hundehütte wieder auftauchte und von dort hinter das Haus führte.

Die Gartenpforte stand halb offen, eingefasst von Gräsern, die zwischen den Plattenritzen emporwuchsen. Alte Reklamesendungen quollen aus dem Briefkasten am Zaun. Er trat näher, schaute dabei nach allen Seiten, wie um zu prüfen, ob ihm jemand zusah. Das Geräusch des Rasenmähers entfernte sich. Eine dünne Wolke trübte das Licht der Sonne ein. Paul sah am Haus vorbei zu einer Wiese, die sich über den hinteren Garten erstreckte, in ihrer Mitte leuchtete die blaue Auskleidung eines Schwimmbeckens auf. Am Ende des Grundstücks, unter einzelnen hohen Tannen, die schon zum Wald gehörten, ging die Wiese in einen trockenen, braunen Boden über.

Langsam zog er seinen Blick wieder zurück, entlang eines Pfades, der, kaum noch erkennbar, quer über die Wiese zu den Resten des Plattenwegs führte, und an der mit einem Geländer eingefassten Kellertreppe vorbei zur Hundehütte, zum Apfelbaum im vorderen Garten, ein paar Äpfel lagen im Gras, er sah, dass sie jemand zu einer kleinen Pyramide aufgeschichtet hatte. Ein Lächeln fuhr über sein Gesicht, wie ein schnell über die Landschaft ziehender Sonnenflecken, und mit Befriedigung sah er umher, als wolle er den Garten begutachten und neu bemessen.

Er schirmte, ohne den Beutel abzustellen, die Augen mit der Hand ab, um das Sonnenlicht, das wieder ungehindert strahlte, davon abzuhalten, ihm die Sicht ins Innere des Hauses zu verderben, er spähte durch ein leeres, schattiges Zimmer in ein anderes, etwas helleres Zimmer und von dort durch ein zweites Fenster in den hinteren Garten, und im gleichen Augenblick sah er zwischen den Stämmen der Tannen etwas aufblitzen, er hörte das Gebrüll von Motoren, die zu kämpfen hatten, Räder schienen sich im Schlamm festzufahren, der Tannenwald war erfüllt von Lärm.

Dann, als habe der Wald den Lärm auf einmal verschluckt, herrschte eine Stille, die sich für einen Moment auf alles legte. Er schüttelte den Kopf. Das Zetern einer Amsel, die durch den Vorgarten flog, drang leicht verspätet an sein Ohr. Vorsichtig streckte er sich, das Geräusch, das sein Mantel dabei machte, kam ihm laut vor, als sei es ohne eine Haut, die es dämpfte. Das wütende Gebell eines Hundes hallte aus dem Wald wider. Er ließ den Beutel, den er an sich gepresst hatte, sinken und schaute hinein, der Kuchen schien auseinandergefallen zu sein, er fluchte leise, flüsternd fast. Noch einmal spähte er durch das Fenster. Eine Weile blieb er so stehen. Er sah nichts Neues. Wenn er die Blickrichtung änderte, wanderte die Hand, die das Sonnenlicht abschirmte, mit, der Beutel baumelte in seinem Ellenbogen. Er hörte einen Taubenschwarm auffliegen, Flügel klatschten, ein Wimmern zog durch die Luft.

Schließlich nahm er die Hand herunter, und beinahe rutschte ihm sein Beutel über die Finger, doch er bekam ihn, ehe er zu Boden fiel, mit Daumen und Zeigefinger zu fassen. Das Geräusch des Rasenmähers setzte wieder ein. Er ging los und kehrte auf halbem Weg erneut um, um noch einmal einen Blick durch die leeren Zimmer des Hauses und durch den Garten in den Wald zu werfen.

Als er am letzten Haus der Straße, das schlanke, kahlstämmige Tannen fast vollständig beschatteten, vorbeigegangen war, begann er seinen Mantel auszuziehen. Im Ausziehen jedoch blieb er stecken, er hatte versucht, ohne die Hilfe der linken Hand, mit der er den Beutel trug, den Arm aus dem rechten Ärmel zu ziehen, er hatte sich darin verfangen. Er schob den Arm zurück, kam nicht weit, etwas riss im Inneren. Er zog in die Gegenrichtung, wieder riss etwas, und er zog noch heftiger. Gefangen in seinen Mantel, stand er mitten auf der Straße.

Es war sehr still. Der Wind hatte nachgelassen; wenn einer der schwachen Luftzüge vergangen war, füllte sich die Mittagsruhe mit Wärme auf, und das Hauchen, das aus den unbewegten Tannenkronen strömte, wurde so leise, dass es klang, als käme es jetzt von weiter her. Unmittelbar vor ihm lag die Einfahrt in den Wald, der Grünstreifen, der seit dem letzten Haus den Bürgersteig ersetzt hatte, endete hier, an einem Geländer, hinter dem sich ein Graben öffnete. Ein trockener Laut drang aus dem Abflussrohr unter dem Geländer, ein Röcheln, das immer wieder abbrach.

Ein kleines rotes Auto näherte sich. Er beeilte sich, den Mantel loszuwerden, stellte rasch den Beutel zwischen die Beine ins Gras, schaffte es aber nur, den linken Arm aus dem Ärmel zu ziehen, der rechte stand, steif und leicht verrenkt, von seinem Körper ab. Um das Auto vorbeizulassen, trat er auf den Grünstreifen, dann bückte er sich, um die Frau, die er in dem Wagen sah, besser zu erkennen. Sie beachtete ihn nicht, sondern starrte auf die Straße, sie saß hinter das Steuer gezwängt, eine ältere, weißblonde Frau, über deren Gesicht die von der Windschutzscheibe gespiegelten Tannenwipfel fuhren. Im nächsten Moment sah er sie von der Seite, ihr Gesicht war aufgeschwemmt, er winkte ihr zu, aber schon war sie vorbei, und er schaute dem Wagen hinterher, der, kurz bevor er aus dem Wald wieder hinausfuhr, bremste. Paul lächelte. Er sah den

Wagen abbiegen und zwischen den Bäumen verschwinden.

Niemand hatte ihn im Kampf mit seinem Mantel gesehen. Langsam zog er jetzt, es schien ganz einfach zu gehen, den rechten Arm aus dem Ärmel. Unter den Achseln war das Futter gerissen. Er begutachtete den Riss, die herunterhängenden Fetzen, strich mit seinem Zeigefinger darüber, sie fühlten sich glatt an, tat, als sei nichts gewesen, stopfte den nach innen gestülpten Ärmel wieder nach außen und legte den Mantel über den Arm. Dann nahm er den Beutel hoch und ließ ihn unter dem Mantel verschwinden, links trug er nun alles.

Er lief los, pustete leise vor sich hin, und die Schweißperlen auf seiner Stirn begannen zu trocknen in dem Luftzug, den er selbst verursachte, indem er immer schneller, beschwingt von seinem alten Laufrhythmus, dahinschritt, jetzt marschierte er.

Nach einer Weile fing er an zu summen, eine einfache Melodie, murmelte bald etwas Unverständliches dazu, als suche er im Summen nach Worten, dann pfiff er das Lied. In die Wärme der Straße mischte sich der harzige Geruch der Tannen.

Der Pfad zu dem Teich, an dem Paul auf einem umgekippten Kühlschrank saß und einen Teil des für Professor Schneider bestimmten Kuchens verschlang, hatte an einem schmalen, sich zu einer dunklen Wand verdichtenden Streifen junger Tannen vorbei in das Unterholz eines Laubwaldes und schließlich in ein Dickicht geführt, in dem er sich verzweigte und zu verlieren schien, bis sich auf einmal ein lichteres Stück Wald öffnete, in seiner Mitte der Teich, den Birken umstanden und dessen Ufer größtenteils zugewuchert war.

Als Erstes hatte er dort das blassblaue Wrack eines Kleinbusses gesehen, es stand unweit einer schmalen Betonbrücke, die den Zuflussgraben des Teiches passierbar machte, die Beifahrertür war geöffnet, Bänke und Räder fehlten. Die Vordersitze dagegen waren erhalten, ebenso das Steuer, das seltsam weit herausstand.

Was ihm seinen Blick verschleiert hatte, war ihm nicht gleich klar gewesen, er hatte sich umgeschaut und über sich, zwischen den Baumkronen, dünnen Rauch aufsteigen sehen, ohne auf den Gedanken zu kommen, dass im Wrack des Kleinbusses die Reste eines Feuers vor sich hin glühten, genau da, wo früher die Rückbänke gewesen waren, ein paar kreisförmig angeordnete Steine fassten die Glut ein.

Er hatte sich nur langsam nähern können, mit dem Beutel schob er die Brennnesseln beiseite, er wich klammernden Zweigen aus, ein verrosteter Pflug versperrte ihm den Weg, er ging um ihn herum.

Als er den Bus erreicht hatte, war ihm, indem er die nähere Umgebung in Augenschein nahm, der umgekippte Kühlschrank aufgefallen, der auf einem schmalen Sandstreifen lag, der einzigen Stelle, von der aus der Teich zugänglich war. Der Kühlschrank ließ sich bequem erreichen, er prüfte, indem er ihm einen kleinen Tritt verpasste, seine Festigkeit und machte eine Sitzprobe.

Dann ging er, ohne den Mantel, der jetzt zusammengerollt vor dem Kühlschrank lag, zurück zum Bus, sammelte unterwegs ein paar Stöcke und stocherte in der Glut herum. Nach einer Weile flackerte das Feuer wieder auf, die Stöcke verbrannten rasch, er suchte neue, er legte nach. Nun quoll starker Rauch empor und stieg unverweht durch die Bäume, der klare Himmel war dahin, Paul musste husten und woanders hinschauen, er sah an Mantel und Kühlschrank vorbei zum Teich mit seiner glatten Wasseroberfläche, zum gegenüberliegenden Ufer mit dem Farnkraut, mit den Birken, deren Kronen klein und licht waren, er wartete ab, sich gelegentlich räuspernd. Der Rauch verging, und im Wrack des Kleinbusses brannte ein kräftiges Feuer.

Zurück am Ufer, nahm er den Kuchen aus dem Beutel und setzte sich auf den Kühlschrank, der für einen Moment nachzugeben drohte, aber er drückte ihn mit seinem Gewicht in den Sand. Eine Zeit lang sah er dem Feuer zu, noch einmal musste er husten. Sobald er gleichmäßiger atmete, nahm er den zusammengerollten Mantel hoch, breitete ihn wie eine Tischdecke über seine Oberschenkel und legte den leeren Beutel darauf. Er glättete ihn, strich eine Weile darüber hinweg und wickelte den Kuchen aus der Folie.

Jetzt aß er, er aß langsam. Mit spitzen Fingern sammelte er die Krümel ein, die in seinen Schoß fielen, er drückte sie zusammen und legte sie sich auf die Zunge. Er hörte sich schmatzen. Manchmal, wenn ein Blatt herabfiel oder etwas raschelte, unterbrach er sein Kauen. Einmal schrie ein Vogel, andere flatterten erschreckt auf. Mit dem Handrücken wischte er sich den Schweiß von der Stirn. Diese Fliegen, murmelte er. Während er kaute, wandte er sich ganz dem Feuer zu, unablässig starrte er hinüber und hinein, zugleich wollte er gar nicht mehr aufhören zu kauen, er biss nicht mehr ab, er verzog sein Gesicht, als würde es ihm Schmerzen bereiten, sich so zu konzentrieren, er erblasste. Ein Schweißtropfen hing ihm zitternd an der Nasenspitze und fiel.

Plötzlich aber hörte er auf zu kauen, und mit einem Ruck drehte er sich um. Auf der anderen Seite des Teiches entdeckte er zwei Tauben auf dem Ast einer Birke. Bald flogen sie nacheinander auf, flügelklatschend, der Wimmergesang ertönte, er hörte ihre Flügel durch die Luft schlagen. Das Taubenpaar verschwand zwischen den Birken, Lärchen leuchteten dahinter hervor. Eine Elster zeterte.

Später, aber es waren nur einige Minuten vergangen, schaute er überrascht in den Wald, dahinten tat sich etwas, aufheulende Motoren, durchdrehende Räder, Kettengerassel. Er schaute den Fahrweg, der neben dem Wrack in ein Kiefernwäldchen führte, entlang und versuchte, zwischen den sich verdichtenden Bäumen etwas zu erkennen, und er legte seine Hand an die Stirn, um ungestört vom Sonnenlicht in den Wald zu schauen, etwas bewegte sich dort, wo der Fahrweg hinter einer Lichtung verschwand, er wollte es mit seinen Blicken erhaschen. Er kniff die Augen in äußerster Anstrengung zusammen. Er gab es auf. Die Geräusche entfernten sich. Er zog seinen Blick durch die Bäume zurück, über den Weg, an den Gräsern entlang oder, zur Seite schweifend, ins Holz unter den Birken, bis er plötzlich, schräg hinter dem Wrack, festhakte, ein paar blaue Fässer standen ordentlich aufgereiht im Gebüsch, ihre orangenen Etiketten waren verblasst. Mit einem Knistern sanken im Feuer die Hölzer zusammen.

Er kaute zu Ende. Fast die Hälfte des Kuchens hatte er gegessen, und er wollte die andere Hälfte gerade wieder einpacken, als er doch noch ein Stückchen abbrach und es aufaß. Währenddessen entdeckte er zu seinen Füßen ein paar Ameisen, die die Krümel, die in den Sand gefallen waren, davonschleppten. Eine Ameise allerdings schien den Krümel, der vor ihr lag, nur zu berühren und setzte dann, als weiche sie ihm aus, ihren Weg in eine andere Richtung fort, auf den Kühlschrank zu, derjenigen Ameise hinterher, die Paul etwas weiter oben entdeckte.

Er fegte sie herunter und aß weiter, er sah, dass das Feuer nur noch lustlos vor sich hin brannte, das Grollen eines Flugzeuges drang von fern her durch den Wald. Aus der Mitte des Teiches stiegen ein paar Luftblasen auf. Er brach noch ein Stück Kuchen ab, legte es auf seine Zunge, schloss die Augen und kaute, so langsam und bedächtig, dass es schien, als wolle er keinen Bissen vergessen. Er leckte seine Fingerspitzen ab. Wieder hörte er das Flugzeug. Er öffnete die Augen, starrte durch das gelbe Blattwerk der Birkenkronen hinauf in den Himmel. Dann, als er schon im Begriff war, sich wieder abzuwenden, entdeckte er es, mit einem letzten, beiläufigen Blick, es flog in großer Höhe vorüber, fast unsichtbar vor dem Blau des Himmels und ohne einen Kondensstreifen zu hinterlassen, und so stahl es sich davon, scheinbar lautlos, denn er hörte das Grollen jetzt aus einer ganz anderen Richtung an sein Ohr dringen.

Er musste plötzlich noch ein Stück Kuchen abbrechen und essen, und noch eins, und ein drittes, immer hektischer stopfte er die Stücke in sich hinein, bis sein Mund auf einmal so voll war, dass wieder etwas herausfiel. Unruhig, als fühle er sich beobachtet, schaute er sich um, mit einer tiefen Falte zwischen den Augenbrauen. Er stieß einen undeutlichen Fluch aus. Dann kaute er weiter, und obwohl er bis auf die Bewegungen seines Kiefers nun reglos dasaß, steif fast, brach auf einmal wie von selbst ein großer Brocken des Kuchens ab und fiel in den Sand, zu den Ameisen, die sich sofort darüber hermachten. Er schluckte das, was er noch im Mund hatte, einfach herunter, und er begann, seine Stirn zu massieren.

Auf seinem Beutel tauchte jetzt, indem sie über einen Krümel stieg, eine Ameise auf, verschwand aber gleich wieder. Ein anderer Krümel bewegte sich wie von selbst. Paul hob den Rest des Kuchens hoch, wischte mit der freien Hand über seinen Beutel und wedelte, wie um die Ameisen für immer zu verscheuchen, noch einmal darüber hinweg. Eine von ihnen sah er auf den Sand fallen, sie krabbelte sofort los, zunächst schneller als die anderen Ameisen, dann wie diese emsig hin und her laufend, mit wirren, ruckartigen Richtungswechseln.

Er schüttelte den Beutel aus, ebenso den Mantel, den er sich über die Schultern legte, um ihn nicht vollzukrümeln, wenn er den zerklüfteten Rest des Kuchens in die Silberfolie einwickelte, die, wie er bald bemerkte, jetzt noch tiefer eingerissen war. Er packte ihn wieder aus, versuchte, die Folie zu glätten, vertiefte die Risse aber nur, knüllte die Folie schließlich ärgerlich zusammen und warf sie in den Teich, mit einer so heftigen Bewegung, dass der Mantel auf seiner Schulter ins Rutschen kam, er fing ihn rechtzeitig auf.

Rasch, als erinnerte ihn das Auffangen daran, dass er aufstehen wollte, erhob er sich, zog schwankend seinen Mantel an und schob den Rest des Kuchens achtlos in den Beutel. Er sah sich um. Und während sich die Blässe, die ihm nach dem Aufstehen ins Gesicht gefahren war, wieder davonmachte, stellte er fest, dass die Kante des Kühlschranks, auf dem er gesessen hatte, rostig war, er griff sich an den Hosenboden, er schaute in seine Hand, und ein Lächeln, das sich von den Augen aus nach allen Seiten hin ausbreitete, wanderte über sein Gesicht, langsam versiegend, bis sein Blick etwas Starres bekam, einzig und allein auf die kleine Brücke gerichtet, eine Brücke aus grobem Beton, mit dem Ufer verwachsen, etwas bewegte sich dort zwischen den Gräsern und kam näher.

Gleich darauf rührte sich nichts mehr, ihm schien es aber nur eine Frage der Zeit zu sein, bis er erneut eine Bewegung sehen würde; Wasser strömte durch den Zuflussgraben, aber das war es nicht. Dann huschte etwas unter die Brücke, kam an der Mündung zum Teich wieder hervor und zog das Ufer hinauf, er sah eine Unruhe im Farnkraut. Seine Miene erhellte sich. Diesmal war sein Lächeln nur halbherzig, er schlug plötzlich mit der Hand in die Luft. Verdammte Mücken, sagte er mit lauter

Stimme und drehte sich um. Doch mit seiner Hand konnte er sie nicht verjagen, er schüttelte heftig den Kopf, wich nach allen Seiten aus, und als auch das nichts half, fuchtelte er mit den Armen ungestüm in der Luft herum, dass es aussah, als habe er in Wahrheit längst aufgegeben, sich zu wehren.

Er hielt sich die Ohren zu, floh, der Beutel baumelte in seinem Ellenbogen und schlug ihm beim Laufen gegen die Brust. So erreichte er das Wrack des Kleinbusses, in dem das Feuer zur Glut niedergegangen war, es hatte nichts beschädigt, es hatte die steinernen Grenzen nicht überschritten, die Brandspuren an der Wand stammten aus einer anderen Zeit. Er vergaß seine Flucht und blieb stehen, er nahm die Hände von den Ohren, hörte das Knacken der Glut, ein leises Zerplatzen, die rauchige, sich wie eine Blase ausdehnende Hitze verscheuchte die Mücken.

Er ließ den Beutel fallen und kehrte zum Teich zurück, wo er sich bückte, die Hände zu einer Schale formte und Wasser schöpfte, der Saum seines Mantels berührte den Sand. Das geschöpfte Wasser trug er eilig zurück, es tropfte aus seinen Händen; was er unterwegs nicht verlor, brachte die Glut zum Zischen, eine kleine Rauchwolke machte sich davon. Paul hob den Beutel auf, warf einen

Blick auf seine Armbanduhr, schaute zurück, zum Kühlschrank, zum Teich, zu den Birken am anderen Ufer, zu den Lärchen, der Himmel war so blau wie nie zuvor. Dann ging er los, hastig, als nehme er die Flucht wieder auf.

Als er aus dem Wald herauskam, ging er langsamer, an einem zur Hälfte abgeernteten Maisfeld entlang, dahinter erblickte er einige von hohen, schlanken Tannen beschattete Bungalows, Rauch stieg aus einem Schornstein empor, kerzengerade.

Er hielt inne, ließ seinen Blick weiterschweifen, zum Schilfgürtel des Sees, den er am Anfang seiner Wanderung in der Ferne hatte liegen sehen, und weiter bis zu einem Steg, der durch das Schilf auf das Wasser hinausführte, auf das tiefe, kalte Blau. Dahinter stieg die Wiesenlandschaft sanft an, bis zu einer Straße, auf der er ein paar Autos im Sonnenlicht aufblinken sah, ein Raubvogel kreiste dort oben. Am Horizont waren ein paar kleine, weiße Wolken zu sehen, nebeneinander aufgereiht, wie an einer unsichtbaren Wand, die sie abhielt, weiterzuziehen, und auch über den Wiesen, dem See und dem Maisfeld war jetzt eine Wolke aufgezogen, hoch oben, ein haariges, weißes Gebilde, neben zwei Kondensstreifen, die sich im spitzen

Winkel kreuzten, sie zerfaserten langsam und trieben ab.

Au, sagte Paul plötzlich, er schob die Ärmel von Mantel, Pullover und Hemd hoch und entdeckte in den Härchen des Unterarms eine Ameise, die im Zickzack zur Hand hinunterlief. Auf dem Handgelenk machte sie kehrt und verschwand auf der Innenseite des Arms, aber er drehte ihn um und schnippte sie mit dem Zeigefinger weg.

Zwischen verfärbtem Gebüsch und den ausschweifenden Ästen einiger Buchen und Eichen betrat er ein brachliegendes Gelände, von dem aus er, hinter einem der hohen, kahl geschlagenen Knicke, die das Gelände zu drei Seiten umgaben, das Dach des Gutshofes sehen konnte, mit den Gauben, deren Fenster zum See hinausgingen, blind vor gespiegelter Helligkeit.

Das Gatter am anderen Ende des Geländes stand offen, es war niemand zu sehen. Er hörte plötzlich ein Fahrzeug, das sich mit hoher Geschwindigkeit vom See her näherte, eine Staubfahne wälzte sich über Knicke und Gatter, sie nahm ihm die Sicht, der Auspuff klang, als hinge er lose. Das Fahrzeug entfernte sich rasch, sein Motor jaulte in seltsamen Wellen auf, wie von Schlaglöchern geschüttelt; die

Fahrt ging in Richtung einer Ferienhaussiedlung, wo sich der Sandweg verzweigte und verlor.

Er ging bis zur Mitte des Platzes, blieb stehen und schaute sich um, so als falle ihm etwas auf, das er mit seinen Blicken noch nicht erfassen konnte. Unruhig machte er kehrt, blieb erneut stehen und schaute sich wieder um. Hier zu gehen war mühsam wie ein Gang am Meeresstrand, Pferdehufe hatten den Boden aufgewühlt, das graue Erdreich, das während der regenlosen Zeit leicht geworden war, und auf dem nur selten ein Klumpen aus Pferdeäpfeln und Sand lag, ein paar Reifenspuren überschnitten sich. Und die kahl geschlagenen Knicke verbargen die Landschaft, wie Deiche das Meer, über dem sich der endlose, blaue Himmel erstreckte, und auch das leise Rauschen anschlagender Wellen, das aus der Richtung des Sees kam, verging nicht.

Paul wandte sich ab, um den Rückweg anzutreten, er ging auf die kleine Öffnung zu, durch die er aus dem Wald getreten war. Er bemerkte, dass die Reifenspuren auf die tief herabhängenden Äste zuführten, darunter verschwanden, und jetzt sah er, was ihm zuvor entgangen war, einige der Äste waren mit Pfählen abgestützt, ein Armeejeep parkte in dem so entstandenen Versteck, kaum sichtbar unter einem Tarnnetz. Er ging, weil er hoffte, aus größerer Entfernung alles besser sehen zu können, ein Stück zurück, konnte aber niemanden entdecken, er sah, durch eine undichte Stelle der Tarnung, ein Stück des sich in den Fenstern des Fahrzeugs spiegelnden Himmels, leise Radiomusik drang an sein Ohr.

Guten Tag, sagte er und nickte undeutlich zu dem Unterstand hin. Niemand antwortete. Er kniff die Augen zusammen und konzentrierte sich, um eine Bewegung auszumachen hinter den sich kaum regenden Blättern und Zweigen, und sei sie noch so gering. Die Musik brach ab, das Gemurmel eines Sprechers setzte ein. Immer noch regte sich nichts hinter den Ästen, die Farben verschwammen vor seinen Augen, was war Tarnnetz, was war Blattwerk, der Wind frischte auf. Ein Knistern und Rauschen drang aus dem Radio und überlagerte das Gemurmel.

Da sah Paul, durch eine sich öffnende Lücke zwischen Tarnnetz und Blättern, dass Augen ihn anstarrten, klar und ungerührt. Er grüßte erneut und nickte demjenigen zu, der sich hinter den Augen verbarg, aber er erhielt keine Antwort. Im Radio setzte wieder Musik ein, das Knistern und Rauschen verschwand. Paul trat näher, wie um sich sichtbarer zu machen, guten Tag, sagte er, jetzt mit lauterer Stimme, die die Radiomusik übertönte, er nahm Haltung an. Wenn das so ist, sagte er, als eine Antwort erneut ausblieb, dann – doch er stockte und fuhr nicht fort. Eine Weile stand er da, er hatte die Augen des anderen aus dem Blick verloren, und es war schwierig, sie wiederzufinden zwischen den Blättern, die sich beruhigt hatten. Wenn das so ist, wiederholte er plötzlich, machte dann mit einer zackigen Drehung kehrt, schritt quer über das Gelände und verließ es durch das geöffnete Gatter, der Sand knirschte unter seinen Schritten.

Er gelangte zurück auf die schnurgerade Straße, er ging sie jetzt in umgekehrter Richtung, vom Schilfgürtel aus durch die Maisfelder und den Tannenwald hinauf in die Siedlung. Im Graben plätscherte Wasser zwischen den Gräsern, ein blasser Himmel spiegelte sich darin, von kleinen Wirbeln gestört, vor den Rohren staute sich weißgrauer Schaum. Es roch frisch und säuerlich zugleich. Von einem der Feldwege führten Reifenspuren auf die Fahrbahn, sie wurden bald dünner, auf Höhe des Tannenwaldes verloren sie sich ganz. Bungalows standen lose verstreut unter den hohen, lichten Bäumen, und auch jener gehörte dazu, den er vom Maisfeld aus gesehen hatte, das Holz seiner Wände grün überzogen von Flechten, aus dem Schornstein stieg immer noch Rauch auf. Weiter oben floß das Wasser spärlicher; aus dem Rohr, das hinter dem Tannenwald den Graben ersetzte und unter dem Grünstreifen verschwand, tröpfelte kaum noch etwas heraus. Kein Mensch war auf der Straße zu sehen. In einem Garten strichen die tief hängenden Zweige einer Birke träge hin und her. Ein paar Äpfel, die meisten von ihnen zerquetscht, lagen vor dem leer stehenden Haus auf der Straße. Feuchte, milde Luft kam aus den Gärten.

An der Einmündung der Straße, in der er wohnte, blieb er stehen, er musste sich bremsen, er war in einen Schwung geraten, wie aus einem Fallen heraus, das er, sich leicht vorbeugend, in ein Laufen hatte umwandeln können, und während er Atem holte, strich er mit der Hand über seinen Nacken, etwas Wind kam auf, ein kraftloser Luftzug, der die Birke des Nachbarn, die zwischen den Häusern aufragte, nicht mehr erreichte und rasch in Vergessenheit geriet, nur in der Ferne war noch ein leises, gleichmäßiges Rauschen zu hören, wie losgelöst von den Luftbewegungen über der Siedlung. Ein paar Pferdeäpfel dampften am Straßenrand. Auf der Hauptstraße fuhr ein Auto vorüber.

Der Bauarbeiter, der inzwischen das Bauschild am Holzgerüst befestigt hatte, war damit beschäftigt, am Rande des Feldes Löcher für die Gerüststützen zu graben, er tat es mit gemächlichen Bewegungen, die er ab und zu unterbrach, um sich umzuschauen, sein Kollege war nirgends zu sehen. Er grüßte. Im Knick klaffte eine Lücke, zu beiden Seiten leuchteten die dunklen Schnittflächen des Erdreichs auf, ein Haufen aus Zweigen und Wurzeln lag neben der neuen Zufahrt zur Straße. Hinter dem Haus gegenüber kläffte noch immer der Hund, es schien, als habe er die ganze Zeit nicht aufgehört, ein Jaulen mischte sich in seine Wut.

Er ging jetzt in seiner Straße. Der wieder etwas auffrischende Wind blies ihm ins Haar, er trieb Blätter vor seine Füße. Das Gekläffe hielt an. Je tiefer er in die Siedlung hineinkam, desto deutlicher ragte hinter ihm, jenseits der Straße, die er vom Gutshof und vom See hochgewandert war, der Dachreiter der neuen Kapelle zwischen den Hausdächern und Fichten hervor.

Er kam an seinem Haus vorbei. Er sah G. am Küchentisch sitzen. Sie blätterte in einem Magazin und tastete mit der anderen Hand nach der vor ihr stehenden Tasse. Sie schaute nicht auf. Ihre Finger berührten die Tasse und zuckten zurück. Dann, nach kurzem Zögern, trank sie, hielt gleich darauf inne, die unabgesetzte Tasse noch an den Lippen. Zügig ging er weiter.

In den Gärten der Siedlung sah er niemanden, die Wagen waren aus den Einfahrten verschwunden, nicht eine Gardine regte sich. Auf einem Rasen sah er Gartengeräte herumliegen. Er ging bis ans Ende seiner Straße, wo ein von tiefen Reifenspuren zerfurchter Feldweg begann, er führte über eine Wiese in ein Wäldchen, ein paar neue Häuser schimmerten zwischen den Bäumen hervor. Er aber bog ab, auf eine Straße, die in den Wendekreis einer Sackgasse mündete und dahinter, als enger Durchlass, der nur noch für Fußgänger passierbar war, aus der Siedlung zur Hauptstraße führte.

Von weitem schon sah er, dass dort gearbeitet wurde, ein Bauarbeiter, der in einem kleinen Schaufelbagger saß, hob einen Graben aus, ein rot-weiß gestreiftes Band war davorgespannt, es flatterte im Wind. Der Bauarbeiter schaute auf. Sie können hier nicht durch, rief er durch den Motorenlärm und wischte sich den Schweiß von der Stirn, eine Böe fuhr in Pauls geöffneten Mantel. Ich muss an die Rohre ran, fuhr er fort, wenn Sie zur Hauptstraße wollen, müssen Sie wieder zurück.

Der Supermarkt hatte geschlossen. Paul rüttelte an der Tür, klopfte, der Beutel schlug gegen die Scheibe. Er trat dichter heran, schirmte die Augen gegen das Sonnenlicht ab, schaute ins Innere. Der Laden lag in einem Halbschatten, der die ordentlich gestapelten Waren unberührt aussehen ließ, vereinzelt fast. Ein Rest Licht zuckte in einer Neonlampe. Hinter der Käse- und Wursttheke stand eine Tür offen, sie führte in einen gekachelten Gang, etwas Helligkeit drang daraus hervor. Er klopfte ein zweites Mal, wartete eine Weile, klopfte erneut, diesmal lauter, er schaute die Backsteinfassade hinauf, die Sonne blendete ihn. Das Fenster in der Dachgaube war geöffnet, eine verwaschene, gelbe Gardine hing heraus, sie bewegte sich leicht, erschlaffte, bis etwas von innen her an ihr zu zerren begann, sie wieder freigab, und sie blähte sich auf. Herr Prinz, rief er. Er horchte. Es ist eben doch Sonntag, murmelte er und rüttelte noch einmal an der Tür, er hörte plötzlich das Röhren schwerer Motoren, es drang über die Felder, aus der Richtung der Eisenbahn, brach aber gleich wieder ab. Es war nichts zu sehen, die Hauptstraße lag ausgestorben da.

Ja, sagte er plötzlich, und ein Lächeln zog über sein Gesicht, rasch, einem Gedanken hinterher.

Mühsam hob er den rechten Arm, ließ den Beutel in die Armbeuge rutschen, streckte den Zeigefinger mit dem verformten Fingernagel aus und kratzte sich an der Schläfe, langsam und immer langsamer, bis der Finger zitternd am Kopf verharrte. Nach einer Weile zog er ihn schwerfällig zurück, und auf einmal, nach einer kurzen Pause vollkommener Bewegungslosigkeit, erschlaffte der Arm und fiel herab, losgelassen, wie vom Körper getrennt. Der Beutel schlug auf dem Bürgersteig auf.

Während er sich bückte, um ihn aufzuheben, hielt schräg gegenüber ein Bus, Schulkinder stiegen aus, überquerten die Hauptstraße, verteilten sich in alle Richtungen. Er schaute ihnen hinterher, aber sie bemerkten ihn nicht, wie er da stand und hörte, dass sich ein Fahrzeug mit überhöhter Geschwindigkeit näherte, ein Transporter der Post, in dem der Paketbote saß, hupte und den ausscherenden Bus mit einem waghalsigen Manöver umkurvte, und für den kurzen Moment seines Vorbeifahrens sah Paul das braun gebrannte Gesicht unter den dunklen Haaren, die gehetzten, weit aufgerissenen Augen, den Seitenblick. Paul hob die Hand zum Gruß. Die Stille kehrte zurück.

Nicht weit entfernt vom Supermarkt blieb er vor einem Siedlungshaus stehen, dessen Garten von einem Zaun aus ungeschälten, waagerecht an die Pfosten genagelten Brettern umgeben war. Dahinter, im Blumenbeet, doch noch dicht genug am Bürgersteig, stand eine Stellwand mit einem bereits verblassenden Blumenplakat zum Lob Gottes, das Bild einer von Tau benetzten Rose, von der nur ein oder zwei Blütenblätter schärfer hervortraten. Neben dem Plakat war ein Zettel befestigt, der die Gottesdienstzeiten einer freien, städtischen Kirchengemeinde für den Monat September verzeichnete, und überall, in Reihen oder an wenigen Stellen dicht zusammengedrängt, waren Reißzwecken über die Stellwand verteilt, an einer hing ein Schlüssel, unter dem handschriftlichen, schon etwas unleserlichen Hinweis, dass er auf dem Bürgersteig gefunden worden sei und jederzeit mitgenommen werden könne.

Paul öffnete die Gartenpforte und trat ein. Der Plattenweg führte am Hauseingang vorbei zu einer geöffneten Tür zwischen Garage und Haus und durch sie hindurch in den rückwärtigen Garten und zum Feld, dahinter rückten die anderen bis an das Feld heranreichenden Gärten der Siedlung zu einer einzigen großen Gartenlandschaft zusammen. Am Rande dieser Landschaft, mit einem Bein schon fast auf dem Feld, tauchte eine weißhaarige Gestalt auf und schaute herüber. Paul wandte sich ab, stieg die Stufen zur Haustür hoch und klingelte. Der Wind trug das Geräusch von Hammerschlägen heran.

IV

Ein Hund bellte, das kleine vergitterte Milchglasfenster neben der Tür klappte auf. Wer ist da, lispelte ein Mann. Ich bin's, Professor, antwortete Paul. Ach, Sie sind's, sagte der Mann, warten Sie, ich mache Ihnen auf. Er schloss das Fenster.

Der Hund kam als Erster. Er stellte sich an den Briefschlitz und bellte. Mach Platz, Peter, schimpfte der Mann hinter der Tür, ich kann sonst unserem Paul nicht aufmachen. Es wurde aufgeschlossen, die Tür öffnete sich, aber die Kette hing noch davor. Der spitze Kopf eines kleinen Hundes, einer Mischung mit geflecktem weißem Fell, drängte sich durch den entstandenen Spalt. Nun warte doch, sagte der Mann, ich muss nochmal zumachen.

Dann schoss der Hund heraus und begann sein Schnüffelwerk, und da stand Schneider mit ausgebreiteten Armen und lächelte, mit geöffnetem Mund, und die kleine Lücke in der Reihe der oberen Schneidezähne lächelte mit. Was für eine Überraschung, sagte er, mit Ihnen habe ich ja gar nicht gerechnet. Er blieb auf der Schwelle stehen, seine weitsichtigen Augen lachten Paul an, hinter der großen Brille, die ihm auf die Nasenspitze gerutscht war, und er begann, mit einer Hand sein zerstrubbeltes Haar zu richten, schob mit der anderen die Brille zurück und versuchte, einzelne Strähnen so über den Kopf zu legen, dass sie seine Halbglatze bedeckten, aber sie waren störrisch, diese Haare, immer wieder richteten sie sich auf, Schneider hatte noch Schlaf in den Augen.

Guten Tag, Professor, sagte Paul in Schneiders Darbietung hinein, er konnte sich kaum bewegen, weil ihn der Hund die ganze Zeit umkreiste, und als dieser auf einmal innehielt und zu ihm aufsah, unentschlossen, ob er ihn anspringen dürfe, mit einer treuen Erwartung in den Augen, schaute Paul weg, in die Richtung, aus der er gekommen war, er hatte die Gartenpforte offen gelassen.

Da trat Schneider aus der Tür, seine Geste war ausholend. Beinahe hätte er Paul umarmt, aber dieser drückte sich an den sich schließenden Armen vorbei in den Flur. Ich habe Ihnen etwas mitgebracht, sagte er, er stockte, wühlte in seinem Beutel, wühlte auch in den Taschen seines Mantels, fand aber nichts, na später, sagte er. Es gelang ihm, als er Schneider in der Haustür warten und zuschauen sah, aus seiner Sucherei ein Ausziehen zu machen, und plötzlich, ehe er sich's versah, hing sein Mantel an einem Bügel in der Garderobe, und nun war er es wieder, der wartete. Er warf einen Blick in den Spiegel, der, im Unterschied zu seinem Haus, auf der anderen Seite des Flures hing, und fuhr durch sein Haar, er sah hinter sich die Treppe, die ins obere Geschoss führte. Gehen Sie schon rein, sagte Schneider, ich mache uns rasch einen Kaffee.

Paul schob den Hund, der an seinem Absatz schnupperte, zur Seite, er hörte draußen den Wind auffrischen, etwas klapperte im Haus. Er sah, dass Schneider, der immer noch in der geöffneten Haustür stand, lauschte, dann schien es, als wolle er etwas sagen, er öffnete den Mund, schloss ihn aber wieder, wie ein Fisch, der nach Luft schnappte; hinter ihm ragten die Äste einer Tanne hervor, sie wippten im Wind auf und nieder. Auch der Hund horchte jetzt auf, er zwängte sich an Schneiders Beinen vorbei nach draußen und blieb mit gespitzten Ohren auf dem Treppenabsatz stehen. Paul schaute noch einmal in den Beutel. Das, was vom Kuchen übrig war, konnte er kaum erkennen.

Er ging los und landete im Schlafzimmer. Hier war es still, nur das leise Geräusch eines Rasenmähers summte durch das gekippte Fenster herein. Neben dem Fenster, einer Schrankwand gegenüber, stand, eingerahmt von zwei Nachttischen, ein Doppelbett, dessen Tagesdecke verrutscht war, ein aufgeschlagenes Buch lag mit geknickten Seiten auf dem Boden. Entschuldigen Sie, sagte Paul ins Leere, ich verwechsle jedes Mal unsere Häuser. Er kehrte um, ging hinüber ins Wohnzimmer, da, wo in seinem Haus das Schlafzimmer lag.

Als er es sich auf dem Sofa bequem machen wollte, bemerkte er, dass er den Beutel noch in der Hand hielt, und so stand er wieder auf, ging zurück in den Flur und legte den Beutel auf eine Stufe der Treppe, es war dunkel im oberen Stockwerk. Der Hund folgte ihm die ganze Zeit, er lief seltsam verdreht, seitwärts fast, streifte die Ecken der Türen und Möbel, haarscharf an einem Aufprall vorbei, und wenn Paul, als habe er sich verirrt, zögerte oder stehen blieb, ergriff er die Gelegenheit und schnupperte an seinen Schuhen. Paul gab ihm einen Tritt. Das half. Der Hund trollte sich zu seiner Plastikunterlage im Flur und sank schwerfällig nieder. Sofort aber richtete er sich mühsam wieder auf, als hätte er etwas vernommen, was ihn zu bellen veranlasste, er stand vor dem Briefschlitz an der Haustür und bellte sich heiser, dann verschwand er knurrend unter der Treppe, und Paul hörte, während er ins Wohnzimmer zurückging, wie der Hund sich übergab, er röchelte, hatte Mühe mit dem Würgen, hustete hinaus, was er nicht behalten konnte.

Oh, ließ sich Schneider, der mit einem Lappen aus der Küche herausstürzte, vernehmen, das tut mir leid, er beugte sich in die Hundeecke und wischte den Auswurf auf, der Hund winselte. Paul setzte sich zurück auf das Sofa, er hörte, wie sich das Rasenmähergeräusch entfernte. Nun komm raus da, sagte Schneider. Er schleifte den Hund über den Flurboden, eilte kurz darauf fort, zeigte sich im nächsten Moment hinter der geöffneten Durchreiche zwischen Küche und Wohnzimmer, in der schon das Kaffeegeschirr und die Hälfte eines Sandkuchens bereitstanden, und wies, lächelnd, mit einem Nicken auf das Aufgewischte im Lappen. Ich komme gleich, sagte er mit singender Stimme und trug den Lappen wie etwas Darzureichendes davon, er drehte den Wasserhahn auf.

Eine Weile rauschte Wasser in ein Becken, Spritzgeräusche drangen ins Wohnzimmer, eine Schranktür klapperte, ein Gefäß füllte sich. Paul schaute aus dem Terrassenfenster. Die Sonne blendete ihn, er sah Lichtflecken auf der Fensterscheibe tanzen. Schneider brauchte seine Zeit für den Kaffee, er hörte ihn in der Küche mit der Kanne hantieren und selbstvergessen flüstern, eine melodische, aber unverständliche Rede, die, wenn er dabei den Mund zu sehr spitzte, wie ein Pfeifen klang.

Paul seufzte und ließ seine Blicke über die Regalwand schweifen, über die Bücherrücken und über die Blumengestecke und Vasen dazwischen, hin zu einem Fernrohr, das auf einem kleinen Ständer befestigt war und zur Zimmerdecke zeigte, und weiter über einige Familienfotografien zum Fernseher, zu den Schallplatten und darüber hinweg zu einer Vitrine, in der Weingläser standen, bis er zufällig, durch die Bewegungen ihrer Pendel, die Uhr entdeckte, sie stand im Halbschatten zwischen den Büchern, ein glockenartiges Glasgehäuse über sich. Von der Uhr fiel sein Blick auf einen Globus, der ganz allein auf dem obersten Bord stand, als sei er dort vor langer Zeit abgestellt worden, mit seinen hell- und dunkelblauen Meeren, mit den grünen, gelben, roten, bisweilen braunen Flecken der Landschaften, mit dem großen Weiß an den Polen, und das Kabel, das vom Globus wegführte, hing neben dem Seitenteil der Regalwand herab, bis auf

Höhe der Unterschränke, zu kurz, um bis zur Steckdose über der Scheuerleiste zu reichen.

Endlich kam Schneider ins Wohnzimmer, mit einem Schlusston zwischen den Lippen und ordentlich über die Halbglatze gelegtem Haar, er stellte die Kaffeekanne auf den großen Tisch neben der Durchreiche und begann zu decken, er deckte für drei.

Kommen Sie, sagte Schneider. Paul rutschte auf die Sofakante, zog sich ein Stück an der Armlehne hoch, plumpste aber wieder zurück. Beim zweiten Versuch gelang es ihm, sich aufzurichten, er geriet jedoch ins Schwanken und suchte nach einem Halt, wollte sich erneut in das Sofa fallen lassen, doch plötzlich war Schneider da und fing ihn auf. Geht schon, sagte Paul, er machte sich los und humpelte, gefolgt von Schneider, zum Esstisch, wo er sich an der langen Seite niederließ, mit Blick auf das Esstischfenster. Um zum Terrassenfenster zu schauen, musste er den Kopf zur Seite drehen, seine Augen glitten über die Regalwand, die in die Ecke geschobene Gardine bauschte sich etwas auf, dann schlüpfte sein Blick hinaus in den Garten, ich sitze ja lieber auf Stühlen, hörte er plötzlich Schneider sagen, da spricht sich das Gebet besser, und er drehte seinen Kopf zurück.

Schneider legte ihm ein Stück Kuchen auf den Teller, verteilte dann die beiden anderen Stücke, schenkte Kaffee ein und setzte sich mit dem Rücken zur Durchreiche ans Kopfende des Tisches, sprang aber sofort wieder auf, sein Blick irrte zwischen Geschirr und Besteck umher, ohne etwas zu finden, auch auf der Fensterbank fand er nicht, was er suchte. Haben Sie das Feuerzeug gesehen, fragte er, seine Zunge fuhr über die Lippen. Paul deutete in die Durchreiche. Schneider nahm es, es war ein goldenes, zündete eine Kerze an und setzte sich wieder, er hatte die ganze Zeit gelächelt. Mit so einem Lichtlein hat man es beim Reden doch wärmer, sagte er.

Während Schneider das Gebet sprach, betrachtete Paul ihn, Schneider saß aufrecht da, mit geschlossenen Augen, die unter den Lidern unruhig waren, nicht ein einziges Mal hielten sie still. Amen, sagte er mit singender Stimme und öffnete die Augen. Paul nickte. Schneider hob den Kopf, seine Augen schimmerten feucht hinter den Brillengläsern, ja, sagte er, er senkte den Kopf wieder, schaute eine Zeit lang über den Tisch, hin in eine Leere vor der Terrassentür, bis ein Schaudern durch seinen Körper ging und er, einen Schmerzenslaut ausstoßend, aufseufzte, seine Augen weiteten sich, sein Lächeln erschien. Guten Appetit, sagte er und rückte näher an den Tisch, lassen Sie es sich schmecken. Er schob sich ein Stück Kuchen in den Mund. Es ist genug da, fügte er kauend hinzu und zeigte auf den Kuchen, Kekse haben wir auch noch. Er spießte mit seiner Gabel ein neues Stück Kuchen auf, das, als er es in den Mund schieben wollte, fast herunterfiel, und ein Seitenblick traf Paul. Schneider nahm die Finger zu Hilfe. Paul senkte den Blick und schaute auf den Tisch, er hörte Schneiders Kauen, Summlaute begleiteten es, Reste eines Liedes, oder die Vorbereitung darauf, dass Schneider, sobald er aufgegessen hatte, etwas sagen wollte.

Dieser Kriegslärm, sagte Schneider, den ganzen Tag geht das schon so, und es wird jedes Jahr schlimmer, finden Sie nicht? Er schaute Paul an, und die Sorge in seinem Blick verriet, dass er trotz seiner Frage noch nicht zu Ende gesprochen hatte. Ich befürchte das Schlimmste, fuhr er fort, hielt aber sogleich wieder inne, räusperte sich, er schien ein wenig außer Atem zu sein, als habe er sich zu viel vorgenommen, und Paul sah ihm zu, wie er die Kuchenkrümel auf seinem Teller mit der Gabel zusammendrückte und sich hastig in den Mund schob, er beeilte sich mit dem Kauen. Aber wissen Sie, sagte er mit belegter Stimme, das Schlimmste ist ja etwas ganz anderes. Jetzt schaute er Paul an, als erwarte er von ihm doch eine Antwort, und Paul zog die Augenbrauen hoch. Die Hunde, stieß Schneider hervor, die – nein, unterbrach er sich, die eben nicht, ihre Besitzer! Triumphierend wartete er einen Moment ab, er nahm einen kräftigen Schluck Kaffee. Jaja, sagte er dann, es ist alles eine Frage der Erziehung, und erst jetzt nahm auch Paul einen Schluck, er hörte, während er trank, dass Schneiders Kaffeelöffel beim Absetzen der Tasse leise klirrte, und als er wieder aufsah, schaute Schneider aus dem Fenster.

Schneiders Kaffee war dünn, außerdem nicht richtig heiß, und Zucker hatte Paul sich hineinrühren müssen, einen Schluck Kondensmilch aus einer kleinen Packung, er ließ den Kaffee stehen, er hatte beim Rühren ein bisschen gespritzt. Schon legte sich Schneider ein zweites Stück Kuchen auf den Teller. Der von Ihrer Frau ist bestimmt besser, sagte er, aber meinen mochten Sie ja auch immer.

Unterdessen hatte der Hund im Flur wieder zu röcheln begonnen. Er hielt inne, als sich vor der Haustür Schritte näherten, der Briefschlitz klapperte, etwas klatschte auf den Boden, und er fing an zu bellen, seine Wut klang zittrig. Peter, rief Schneider in den Flur, Ruhe jetzt, du weißt doch, dass dein Frauchen noch schläft. Wir lassen sie schlafen, nicht wahr, sagte er zu Paul, sie war so erledigt nach der Beerdigung ihres Bruders.

Von der Beerdigung erzählte Schneider nicht viel, wissen Sie, sagte er, und seine Zunge fuhr erneut mit einer kleinen nervösen Bewegung über die Lippen, eigentlich haben wir uns ja mit den Jahren auseinander gelebt und uns nichts mehr zu sagen gehabt, wir haben es allein wegen seiner Frau getan, sie war bis zur Todesminute bei ihm. Schweigend horchte Paul Schneiders Worten nach, er spielte mit seiner Kaffeetasse, drehte sie so, dass der Henkel nach links zeigte, ließ den Kaffee schwappen, hob an zu trinken, trank auch, mit links, setzte die Tasse ab, und hätte es bleiben lassen sollen, Professor, Ihr Kaffee – geben Sie acht, unterbrach ihn Schneider, Ihre Tasse steht nicht richtig.

Als Paul seine Tasse ordentlich in die Mitte der Untertasse gerückt hatte, schenkte Schneider nach, und Paul trank weiter, ohne abzusetzen, er stöhnte, als er fertig war, er stellte die leere Tasse dorthin, wo sie vorher gestanden hatte, nicht richtig in der Mitte. Schneider übersah es. Er suchte nach Worten, während Paul auf dem Rücken seiner Hand ein paar bräunliche Schlieren entdeckte, die er erst mit Spucke verrieb, dann aber entfernte. Wie alt ist eigentlich Ihr Hund, Professor, fing er diesmal an und machte eine Kopfbewegung zum Flur. Sehr alt, antwortete Schneider und räusperte sich, achtzehn Jahre, unser Peter ist einfach nicht totzukriegen. Er ist auf einem Auge blind, fügte er hinzu, und er ist sterbenskrank, Krebs, wissen Sie, er hat keine Zunge mehr, aber er macht immer weiter. Er hüstelte. Großartig, murmelte Paul.

Das ist ja das Schlimme, diese Halbheiten, sagte Schneider, und seine Miene verfinsterte sich, er schluckte das, was er noch nicht zerkaut hatte, entschlossen hinunter, er schaute Paul an. Aber für das nächste Mal habe ich etwas vorbereitet, fuhr er fort, da gehe ich aufs Ganze. Er wischte sich mit der Serviette den Mund ab, und im gleichen Augenblick verschwand das Sonnenlicht aus dem Wohnzimmer, durch das gekippte Fenster hörte Paul den Wind in die sich fortsetzende Rede Schneiders fahren, es raschelte in den Büschen, und aus den Bäumen strömte wieder das Geflüster, das er schon im Tannenwald hinter der Siedlung vernommen hatte, dieses unablässige Ausatmen, das sich, als der Wind abflaute, mit einem metallischen Klang vermengte, er wehte aus anderen Gegenden heran, unter dem hohen, etwas milchigen Himmel, kleine weiße Wolken zogen vorüber. In der Nachbarschaft wurde ein Fenster geschlossen, knarrend, das Rasenmähergeräusch war jetzt ein anderes, und er rieb sich mit der flachen Hand über die Schläfe, immer wieder, wie über etwas Unebenes, aber er fand die Stelle, die er suchte, nicht mehr.

Aber davon will der Pastor ja nie etwas wissen, hörte er Schneider sagen, er behauptet immer, man dürfe das nicht so wörtlich nehmen. Er erregte sich jetzt, auf seine schwärmerische Art, und infolgedessen begann er stärker zu lispeln, ein Speicheltropfen spritzte auf den Tisch, er sprach an Paul vorbei, der zusah, wie sich allmählich ein kleiner, schleimiger Punkt auf Schneiders Unterlippe bildete, dann spannte sich ein Faden zur Oberlippe hoch. Es wurde wieder heller, Sonnenlicht durchflutete auf einmal das Wohnzimmer, es war Paul gelungen, einen Augenblick lang dem abziehenden Schatten hinterherzuschauen.

Er bemerkte plötzlich, dass Schneider schwieg und ihn anschaute, und wieder zum Sprechen anhob, den Mund voller Worte, doch er sagte nichts, nur seine Lippen bewegten sich ein wenig. Dann flackerte sein Lächeln auf, und als es gleich darauf wieder verschwand, erstarb es so vollkommen, dass es gar nicht da gewesen zu sein schien. Es ist heute vierzig Jahre her, dass alles anfing, sprach er mit getragener, zugleich zittriger Stimme. Aha, sagte Paul.

Ein großes, wolkenfreies Gebiet lag jetzt über der Siedlung, der metallische Klang hallte nur noch nach, hinter den Worten Schneiders, diesem Gemurmel, das erneut eingesetzt hatte, allmählich ruhiger strömend, bedächtig fast, und mit der sich ausbreitenden Erzählung ließ Paul seinen Blick wieder zur Regalwand schweifen, suchte erneut nach der Uhr, glitt weiter zur Terrassentür, hinaus in den Garten, an einem leeren Vogelhaus vorbei zu dem Zweig eines Baumes, zu einem Blatt daran, das, im Gegensatz zu den anderen Blättern, heftig hin- und herschaukelte, wie angestoßen von einem eng begrenzten Wind, und über den Zaun hinweg zum Bürgersteig, zur Hauptstraße, es war kein Mensch zu sehen, und zur Sparkasse, über der, am Arm des Baukrans, ein Richtkranz heruntergelassen wurde, langsam, bis man ihn anhielt, er trieb ruhig hin und her. Wissen Sie, sagte Schneider, und dann ist es mir wie Schuppen von den Augen gefallen. Paul horchte auf. Die Kerze auf dem Esstisch flackerte.

Schneider hatte beim Nachschenken Kaffee verschüttet und im Laufe ihrer Unterhaltung kräftig gekrümelt, jetzt, als er gerade dabei war, ein drittes Stück Kuchen zu essen, kam seine Frau aus dem Schlafzimmer und warf einen Blick auf das Tischtuch.

Paul wollte aufstehen, um sie zu begrüßen. Bleiben Sie sitzen, erwiderte sie und gab ihm die Hand, eine kleine, feste Hand, die ihm schnell wieder entwischte. Was sitzt ihr hier drinnen, sagte sie, auf der Terrasse ist es doch warm genug. Dieser Oktober, setzte sie freundlich hinzu, als wolle sie die beiden Männer auf diese Art bewegen, ihren Platz aufzugeben und sich ins Freie zu setzen. Na ja, sagte Schneider zu seiner Frau, darauf sind wir nicht gekommen, Oktober bleibt eben doch Oktober. Sie starrten sich einen Augenblick an, während Paul mit dem Feuerzeug spielte, das Schneider zum Anzünden der Kerze benutzt hatte, im Laufe ihres Gesprächs war der Kaffee kalt geworden.

Ich mache mir einen Tee und ziehe mich wieder zurück, sagte Schneiders Frau mit Blick auf den müden, öligen Glanz des Kaffees in den Tassen der Männer, dann habt ihr eure Ruhe. Paul setzte sich auf. Mein Beileid wegen Ihres Bruders, sagte er, er versuchte ein Gespräch in Gang zu bringen, zu spät, Schneiders Frau reagierte nicht mehr, sie verschwand in der Küche, er hörte sie Wasser aufsetzen, eine Schranktür klapperte, und während sich das Wasser erhitzte, öffnete sie eine Konservenbüchse und leerte sie, das lockte den Hund an, er bellte, jaulte kurz auf. Sie kratzte die Reste aus der Büchse. Lass das, Peter, sagte sie plötzlich, die Wunde geht sonst wieder auf.

Einige Zeit verstrich, ohne dass Schneider etwas gesagt hätte, er war mit der Reinigung seiner Zähne beschäftigt, seine Zunge beulte den Zwischenraum zwischen Zähnen und Lippen aus, sein Mund verzog sich, ab und zu entfuhr ihm ein Schnalzen. Nach einer Weile begann seine Hand auf der Armlehne des Stuhls einen Rhythmus zu klopfen, gelegentlich verstärkt durch das harte Geräusch, das sein Ehering auf dem Holz hinterließ, er pfiff eine Flüstermelodie dazu, etwas Feierliches. Dann runzelte er die Stirn, und mit einem kräftigen Schlag blieb seine Hand auf der Armlehne liegen. Paul erschrak. Ihre Blicke trafen sich. Schneider rückte Pauls Kaffeetasse in die Mitte und drehte den Henkel nach rechts.

Ja, sagte Schneider und verstummte gleich wieder, sein leicht geneigtes, schwaches Spiegelbild war im aufgekippten Esstischfenster zu sehen, neben der Kerze, die ruhig brannte, das feine Scharren der über die Hauptstraße treibenden Blätter drang herein. Paul griff nach seiner Tasse, wollte einen Schluck Kaffee trinken, bemerkte aber, dass er ihn schon ausgetrunken hatte, und wandte, während er die Tasse, ohne hinzusehen, zurückstellte, seinen Kopf, warf einen kurzen Blick auf Schneider, der in Gedanken versunken war, und schaute durch das Wohnzimmer in den Flur und durch den Flur zu einer geöffneten Tür und in ein Zimmer, in dem ein mit Papieren und Büchern übersäter Schreibtisch am Fenster stand, und dahinter sah er bis auf ein paar Gebüschspitzen nichts als den Himmel.

Ruckartig, als sei ihm plötzlich etwas eingefallen, drehte er sich wieder zurück, er sah, dass Schneider zur Terrassentür hinausschaute, an ihm vorbei, es war still draußen, er hörte nichts, oder doch, das Brummen eines Autos, das auf der Hauptstraße vorüberfuhr, aber dieses Geräusch gehörte dem Auto nicht mehr. Eine Weile saß er nur da und wartete. Dann vernahm er ein Vogelgekreisch, die Schreie von Möwen, die über das Haus flogen, er beugte sich vor, sah nichts, er lehnte seinen Kopf an die Rückenlehne des Stuhls.

Damals war ich ein gewöhnlicher Dieb, sagte Schneider, und Paul schien seine Stimme auf einmal klar und groß, seine Lippen formten jeden Laut mit Bedacht, ich war den ganzen Tag allein. Also stahl ich. Ich nahm irgendetwas aus den Regalen, um es meinen Freunden zu geben, aber auf der Straße fiel mir ein, dass ich ja gar keine Freunde hatte, und dieses großartige Bild, das ich in mir trug, wie die anderen Jungen mich wegen meiner Beute gierig umringten, zerbrach, und ich warf, was ich gestohlen hatte, in Mülltonnen, Gräben, in Teiche. Und immer wieder wurde ich erwischt, ich bekam Hausverbot, sagte Schneider und besann sich einen Moment, dann hob er in einem noch kräftigeren Ton wieder an. Eines Tages, sagte er, sah ich vor dem Laden, in dem ich gestohlen hatte, einen kleinen Mann sitzen, er hatte keine Beine und bettelte, und ich hatte Mitleid und steckte ihm meine Beute zu. Er aber sagte: Das hast du gestohlen. Ich leugnete es nicht, doch im selben Moment, da ich sagte, ja, das habe ich getan, wunderte ich mich, dass ich es sagte. So ging der Mann mit mir zurück in den Laden, das heißt, er bewegte sich mithilfe seiner Hände vorwärts, er beugte sich vor, stemmte sich, wie ein Affe, auf seine kräftigen Fäuste und zog seinen Körper nach, halb schleifte er ihn, halb schwang er ihn frei. Als ich an der Kasse stand, sagte er, ohne dass die Kassiererin ihn gesehen hätte, dieser Junge hat etwas mitgenommen, hat es aber nicht bezahlt, er will es zurücklegen. Die Kassiererin aber war nicht überrascht, sie ließ mich gewähren, sie sagte kein Wort. Und ich war frei.

Schneider verstummte, er saß aufrecht da, er hatte zum Ende hin mit der Geste eines Sängers gesprochen, die Arme vor sich in einem geöffneten Halbkreis, die Lippen aufgeworfen, die Zähne gebleckt und hässlich, die Zunge unruhig, und es kam Paul so vor, als sei dies eine unpassende Geste gewesen. Schneider fuhr fort. Immer schön die Wahrheit, sagte der kleine, beinlose Mann, als wir den Laden verließen, er hatte darüber etwas in einem dicken Buch gelesen, von dem er nichts anderes mehr wusste als diese Worte, immer schön die Wahrheit, kann sein, sagte er, dass es anders hieß und ich die Worte zu meinen Gunsten verändert habe. Dann drehte er sich um und machte sich in seinen eigentümlichen Bewegungen die Hauptstraße hinunter, ich sah ihm lange nach. – Und dann sind Sie in die andere Richtung gegangen, nicht wahr, sagte Paul. Ja, antwortete Schneider, was nicht das Schlimmste war. Na bitte, sagte Paul.

Er hörte eine Böe ums Haus gehen, die Sonne verschwand für einen Augenblick, ein paar Fetzen Blasmusik wehten heran. Schneider zog ein Taschentuch aus der Hosentasche, er fing an, seine Brille zu putzen, er hauchte auf das Glas, und Paul sah über seinen klaren, großen Augen die dichten, gebogenen Wimpern. Es wird kühl, sagte Schneider, vielleicht sollte ich das Fenster schließen.

Die Wohnzimmeruhr schlug. Paul erhob sich. Ich mach mich auf den Weg, sagte er, er schwankte leicht und stützte sich auf den Esstisch. Schneider dachte noch nach, er blieb sitzen, er unterdrückte ein Gähnen. Und, fragte er schließlich, haben Sie Dr. Frost gesehen, es soll ihm ja nicht so gut gehen. Er will mal wieder eine Wanderung um den See machen, antwortete Paul, er ließ den Tisch los, geriet abermals ins Schwanken und stützte sich wieder ab. Schneider kam zu spät, um ihm zu helfen, er sank zurück auf seinen Stuhl. Ich bin dabei, sagte er, wann waren wir eigentlich das letzte Mal unterwegs? Vor Ostern, oder? Nein, danach, antwortete er sich selbst, es war ja schon Ende April, nach dem Geburtstag Ihrer Frau, und Dr. Frost hat die ganze Zeit nur über diesen Atomunfall geredet, obwohl er doch sonst so vernünftig ist. Paul zuckte mit den Schultern, er machte einen Schritt zur Seite, um seinen Stuhl an den Tisch zu schieben, sein Stück Kuchen lag unberührt auf dem Teller. Oder war das schon letztes Jahr, fragte Schneider. Er überlegte einen Moment. Die Jahre werden sich immer ähnlicher, sagte er und schüttelte den Kopf.

Paul schwieg, er hielt sich jetzt an der Stuhllehne fest und schaute durch die Durchreiche in die Küche, zum Fenster, das einen Spalt geöffnet war, der Verkehr auf der Hauptstraße war stärker geworden. Ein Luftzug strömte herein, er bewegte die Seiten einer Reklamesendung, die, mit einer leeren Hundefutterdose und einem Löffel beschwert, auf dem Küchentisch lag. Neben dem Tisch hing ein Abreißkalender an der Wand, ein Bibelspruch stand da in fetten Buchstaben über zwei kleingedruckten Spalten, es war Montag, der zwanzigste Oktober, Paul hörte die Backofenuhr vor sich hin schnarren. Dann schaute auf einmal der Hund zu ihm herauf, er hatte seinen Napf bis an den Schrank unter der Durchreiche geschoben, seine Schnauze war mit Hundefutter verschmiert.

Kann ich noch etwas Gutes für Sie tun, hörte er Schneider fragen. Er riss sich vom Anblick des Hundes los. Ich soll Sie auch von meiner Frau grüßen, entgegnete er. Ja, grüßen Sie sie zurück, sagte Schneider und sprach Paul, der in den Flur ging, um seinen Mantel zu holen, hinterher, ihr letzter Kuchen war ganz wundervoll. Ich richte es aus, sagte Paul. Vielleicht verrät sie mir ja endlich mal das Rezept, rief Schneider aus dem Wohnzimmer, er stand jetzt auf und kam nach, er half Paul in den Mantel. Vergessen Sie Ihren Beutel nicht, sagte er und nahm ihn von der Treppe, er war ordentlich um den Kuchenrest gewickelt. Im Moment der Übergabe entstand eine Verwirrung, beide Männer ließen gleichzeitig den Beutel los, er fiel zwischen ihnen zu Boden. Oh, warten Sie, sagte Schneider und wollte sich bücken. Nicht nötig, erwiderte Paul und bückte sich selbst.

Der Hund blieb in der Tür stehen und schaute den beiden Männern, deren weißes Haar in der Sonne leuchtete, auf ihrem Weg zur Gartenpforte nach. Leise jaulte er auf. Sehen Sie nur, sagte Schneider, der sich auf halbem Weg umgedreht hatte, unser Peter, wie er dasteht, uns nachschaut und sich kratzt, Peter, lass das, rief er. Der Hund gehorchte nicht und kratzte sich weiter hinter dem Ohr, seine Augen wurden zu schmalen Schlitzen, er schnaufte beim Kratzen, ein Knurren drang ihm aus der Kehle. Ein Mordskerl, sagte Schneider. Der Hund ließ von seinem Ohr ab und begann in der milden Nachmittagsbrise zu schnuppern, wandte plötzlich seinen Kopf zum Himmel, starrte mit gespitzten Ohren hinauf, eine Wolke zog vor die Sonne, graues Licht tauchte Haus, Garage und Einfahrt in eine Makellosigkeit, in der auch der Hund eine Weile verharrte, bis er gähnen musste, sich schüttelte, auf die beiden Männer zuhumpelte, sogleich aber, als habe er es sich anders überlegt, umkehrte und im Haus verschwand, ohne sich noch einmal umzudrehen.

Schweigend gingen sie weiter zur Pforte, Schneider hatte, als er Paul zur Haustür vorausgegangen war, gemeint, die Furcht vor Gott sei der erste Schritt zur Weisheit, und Paul hatte mit einem militärischen Gruß geantwortet, Sie glauben mir nicht, hatte Schneider erwidert, wie immer. Die Sonne kam jetzt wieder zum Vorschein, ihr Licht war fahler geworden, Federwolken begannen den südwestlichen Himmel zu verschleiern. Im Vorgarten kniete Schneiders Frau und hackte den Boden, neben ihr ein alter, mit Blättern und Unkraut gefüllter Farbeimer, sie zerrte jetzt an einem fest verwurzelten Gewächs, das sich mit einem Mal löste, als sei es tief unten im Boden losgelassen worden, und sie taumelte zurück. Im gleichen Moment flatterte der Taubenschwarm vom Feld hinter dem Haus auf, kreiste gehetzt über der Siedlung, drehte dann in Richtung der Kapelle ab, die zwischen den Fichten zu sehen war. Im Inneren des Hauses bellte der Hund.

Schneider schaute auf seinen Rasen, der grün war im Oktober, und die frische, aufgeworfene, bearbeitete Erde. Kaum zu glauben, wo die Natur überall so durchkommt, sagte er mit einem Kopfschütteln, doch lächelnd, und er bückte sich und zupfte ein Unkraut aus einer Plattenritze. Also, Professor, sagte Paul, ich bringe Ihnen demnächst noch etwas vorbei, Sie können sich schon denken, was. Oh, antwortete Schneider, ich lasse mich überraschen. Er zog die halb geöffnete Pforte ganz auf. Da fällt mir ein, wissen Sie noch, wie Sie früher immer für unsere Kinder gelacht haben, wenn Sie gingen, fragte er. Gelacht, fragte Paul. Ja, antwortete Schneider, das hat die Nachmittage immer so schön zu Ende gebracht, Sie konnten das doch auf Befehl, wie aus dem Nichts. Er lächelte Paul durch seine Zahnlücke an. Einen Moment lang verharrten sie so, einander anblickend, dann zog ein Lächeln durch Pauls Gesicht, und aus dem Lächeln wurde ein Lachen, er kniff die Augen zusammen, prustete los, krümmte sich, er musste mit beiden Händen den Beutel, der ihm beinahe heruntergefallen wäre, festhalten, und jetzt kamen die Tränen, jetzt riss sein Mund auf, Paul brüllte vor Lachen, lief rot an, fast heulte er, er spuckte, er wankte, winkte ab.

Schneider lächelte. Und noch einige Zeit nach Pauls Lachanfall hielt er die Hand seines Besuchers in der eigenen, sie zum Abschied sanft schüttelnd, die andere Hand legte er wie einen Schirm darüber. Und vergessen Sie mir nicht, Ihre liebe Frau zu grüßen, lispelte er, nicht wahr, das werden Sie tun. Paul nickte, befreite seine Hand, tippte sich an die Stirn und ging ohne Worte, er zog die Pforte hinter sich zu. Und wegen des Spaziergangs mit Dr. Frost telefonieren wir nochmal, fügte Schneider hinzu, er schaute Paul nach, von hinten sah er aus, als ginge er schief, die Schultern verliefen in einer Schräge, sein linker Arm, mit dem er den Beutel hielt, hing tiefer herab als der rechte. Dann drehte Schneider sich zu seiner Frau um, hör mal, sagte er.

V

Nachdem er am Supermarkt, der immer noch geschlossen hatte, vorbeigegangen war, verlangsamte er seinen Schritt, begann in den Manteltaschen nach etwas zu suchen, und plötzlich hielt er Schneiders goldenes Feuerzeug in der Hand. Verwundert blieb er stehen. Das Rädchen war leicht zu bewegen, die Flamme sprang sofort an. Der Wind blies sie aus. Er ließ das Feuerzeug zurück in die Manteltasche gleiten, nahm es aber sofort wieder heraus, hastig, als habe er Angst, es darin aufzubewahren.

Unschlüssig darüber, was er mit dem Feuerzeug machen sollte, kam er an die Straßenecke mit der alten Eiche. Er wollte die Straße schon überqueren, als er ein Auto näher kommen sah, er hielt inne, eine Frau saß darin, dieselbe, die ihm mittags auf der Straße zum See entgegengekommen war, jetzt fuhr sie den umgekehrten Weg, sie bog ab auf die Hauptstraße, und während sie abbog, hob er erneut die Hand und grüßte, sie nahm keine Notiz von ihm.

Anstatt nun die Straße zu überqueren, blieb er stehen, sein Atem ging plötzlich schnell, er hatte leise zu hecheln begonnen. Er sah sich nach allen Seiten um, so als wolle er ungesehen bleiben, und setzte sich auf die Bank an der alten Eiche, er spielte mit dem Feuerzeug, wog es in der Hand, fuhr mit den Fingern über das Gehäuse, es war glatt und kühl, er sah zu, wie sich seine Fingerabdrücke, die sich darauf abzeichneten, allmählich wieder auflösten. Mit dem Nagel des Zeigefingers versuchte er den Schmutz aus den eingravierten Buchstaben zu entfernen, dann zog er ein Taschentuch aus seiner Hosentasche und polierte das Feuerzeug so lange, bis es im matten Licht der Sonne zu glänzen anfing, er sah sein verschwommenes Gesicht auf dem Gehäuse, seinen weißen Schopf, durch den er mit der Hand fuhr. Im Hintergrund des Spiegelbildes bemerkte er eine undeutliche Bewegung, er blickte hoch, in die kräftigen Äste des Baumes, die auf den ersten Blick unbewegt schienen, Blätter lösten sich, der blassblaue Himmel strömte etwas Mildes aus, er hörte Wildgänse dort oben, konnte sie aber nicht entdecken; er folgte mit seinen Blicken den herabfallenden Blättern, sie trieben über den Bürgersteig und über die Hauptstraße, von der gegenüberliegenden Seite kamen die Blätter der Pappeln hinzu, und sein Blick fiel auf die Ziffern der Sparkassenuhr, er starrte, während er wieder über das Feuerzeug strich, so lange hinüber, bis sie umsprangen und die Temperatur anzeigten, es waren achtzehn Grad.

Vom alten Dorf her drang jetzt Baulärm zu ihm, im nächsten Moment tauchte ein Lastwagen aus der großen Kurve auf und bog, Paul gegenüber, in eine Baustelleneinfahrt ein, er zog eine Staubwolke hinter sich her. Sobald sie sich abgesetzt hatte, konnte Paul einige Rohbauten erkennen, Familienhäuser gleichen Stils, darunter eines, in das schon jemand eingezogen war, es fehlten nur die Gardinen, in dem Dachstuhl eines anderen arbeiteten Zimmerleute. Weiter zum alten Dorf hin lag ein noch unbebauter Abschnitt, nur eine Straße, die in eine Sackgasse mündete, war bereits angelegt, ebenso ihr Bürgersteig, über den sich Straßenlampen bogen. Von dort wanderte sein Blick zurück, an einem Rohr entlang, das zwischen den Baugruben und Sandhaufen zum Graben an der Hauptstraße führte, hier waren Begradigungsarbeiten im Gange, ein Bagger schaffte den Erdaushub auf die ankommenden Lastwagen, die, wenn sie wieder abfuhren, erneut Staub aufwirbelten.

Er wandte seinen Blick ab, richtete sich auf und atmete tief durch. Als habe ihn ein Blitz getroffen, sackte er plötzlich zusammen, beugte sich, aus dieser unfreiwilligen Bewegung heraus, vor, wie um den Schmerz abzufangen, stützte die Ellenbogen auf die Knie und legte seinen Kopf in die Hände. Er versuchte, erneut tief durchzuatmen. Ein Speicheltropfen löste sich, er wollte ihn noch zurückschlürfen, aber der Tropfen fiel, landete zwischen seinen Schuhen, und er sah jetzt, dass jemand mit Kreide in die kreuzförmig angelegten Felder eines Hüpfspiels Kreise, Wirbel, nestartige Gebilde gemalt hatte, Krakeleien, die sich, miteinander verbunden, weit über den Bürgersteig hinzogen, und Paul fuhr hoch, warf das Feuerzeug in den Beutel und ging, gegen den Schmerz, der ihn wieder durchzuckte.

Reifen quietschten, Bremsen kreischten auf, Druckluft entwich, Paul erschrak. Ein Auto, das der Fahrer eines Lastwagens beim Abbiegen von der Baustelle auf die Hauptstraße übersehen hatte, fuhr hupend davon, und es war, als weckte ihn dieser Vorfall aus der Betrachtung der Kreidezeichnungen auf dem Bürgersteig, denen er trotz seines überstürzten Aufbruches immer noch nachgehangen hatte, sie setzten sich, allmählich blasser werdend, in Richtung des alten Dorfes fort. Erneut nahm er seinen Weg dahin auf, hielt aber im nächsten Moment wieder inne. Zwischen den Bäumen sah er den Dachreiter der neuen Kapelle.

Der Parkplatz der Gemeindestation, den er jetzt überquerte, war, wie das brachliegende Gelände am Gutshof, umgeben von Knicken, nur zu einer Seite bildeten hohe Fichten einen Grenzstreifen, ein junger Mann war dort mit Fällarbeiten beschäftigt. Neben dem Parkplatz befanden sich, als Anbau an die Kapelle und den Versammlungssaal, die Räume der Gemeindestation, im mittleren Raum brannte helles, festliches Licht, eine Krankenschwester ging dort mit einer Liste von Regal zu Regal und hakte etwas ab. Einmal zog sie ein weißes Fell heraus und legte es über die Griffe eines zusammengeklappten Rollstuhls, und als sie wieder aufsah, schien sie aus dem Fenster zu blicken, ohne zu bemerken, dass er ihr zuwinkte.

Er öffnete die Pforte zum Friedhof, sie quietschte so laut, dass er zusammenzuckte, und ohne sie hinter sich zu schließen, ging er weiter, den Hauptweg entlang. Das Gelände war gut zu überblicken, es lag im Schatten einer Fichtenwand, die die Nachbarschaft verbarg, einige Grabstellen waren frisch umharkt, die Grabsteine unterschieden sich kaum voneinander. Es war niemand zu sehen. Hier und da wölbten sich Haufen aus verwelkten Blumen und Kränzen wie Federbetten über die Gräber.

Ein paar Reihen vom Hauptweg entfernt, ungefähr in der Mitte des Friedhofes, sah er einen Erdhaufen, daneben eine Schubkarre und, über den schmalen Gang verstreut, Schaufel, Spaten und Bretter. Er räusperte sich, als er näher kam. Ist da jemand, fragte er. Niemand antwortete. Auf einmal begannen die Glocken zu läuten, und Paul fuhr herum, er sah sie im Dachreiter der Kapelle eilig hin- und herschwingen, sie hatten einen hellen Klang. Ebenso plötzlich brach das Läuten wieder ab, und nach kurzer Zeit erschien ein Mann vor der Kapelle, ein Hüne, er trug einen Seemannsbart und rauchte Pfeife. Nicht wahr, rief er und grüßte ihn, indem er seinen Hut lüftete, ich habe Sie ganz schön erschreckt, Sie wären da fast reingefallen, was. Er lachte dröhnend, sein Gelächter hallte zwischen den Fichten wider, hinter der Kapelle hatte ein Hund angefangen zu bellen. Halt's Maul, rief der Mann nach hinten. Herr Pastor, rief Paul und legte die Hand zum Gruß an die Stirn, wer – Wer, unterbrach ihn der Pastor und zog an seiner Pfeife, er schien überrascht zu sein. Da fragen Sie mich was, sagte er, ich hab's doch glatt vergessen, da muss ich erst beim Küster anrufen, der weiß so was besser. Ha, rief er begeistert aus, der sitzt bestimmt wieder im Dorfkrug. Nichts für ungut, fügte er hinzu, aber passen Sie auf, dass Sie da nicht über die alten Knochen fallen. Er legte die flache Hand an die Hutkrempe, drehte sich um und verschwand lachend in der Kapelle.

Paul nahm den Hinterausgang des Friedhofes. Als er die Pforte schloss, sah er, wie im Hintergrund eine der Fichten am Parkplatz von einem eigentümlichen Schütteln erfasst wurde, dann brach sie weg, es krachte, Staub wirbelte auf, Stille folgte. Dann hörte er über sich wieder die Wildgänse, doch als er aufsah, war der Himmel leer.

Er kam an der Raiffeisenbank vorbei, ihre Geschäftsräume befanden sich im vorderen Teil einer rot verklinkerten Lagerhalle, waren jedoch völlig verglast, jemand hatte die Vorhänge zugezogen. Da öffnete sich die Eingangstür, und eine Frau trat heraus, sie schloss hinter sich ab. Paul suchte ihren Blick. Wir kennen uns, sagte er, als sie näher kam,

Sie waren das vorhin im Auto, nicht wahr? Ich weiß nicht, was Sie meinen, antwortete sie, ich kann mich nicht erinnern. Sie öffnete die Tür eines Wagens, der auf dem Parkplatz vor der Bank stand. Sind Sie nicht eben an mir vorbeigefahren, unten auf der Straße, die zum See führt, fragte er. Eben, fragte sie zurück und setzte sich hinter das Steuer, ist das nicht schon eine Zeit lang her? Sie wechselten ein paar stumme Blicke, und plötzlich nickte sie auf eine Frage hin, die er gar nicht gestellt hatte, verabschiedete sich und schlug die Autotür zu, sie sah ihn nicht mehr an. Sie legte den Gurt um, starr vor sich hin blickend, startete das Auto, wendete hastig, ruppig fast, und erst als sie auf die Straße bog und er die Hand zum Gruß hob, sah sie noch einmal auf, sie schaute an ihm vorbei. Er blickte dem Auto hinterher, es bog auf die Hauptstraße ein, verschwand in Richtung des alten Dorfes, und er lachte auf, kurz und trocken.

Zügig ging er weiter, am Gemeindeamt vorbei, in dem es dunkel war, nur über dem Personalausgang brannte trotz der Helligkeit des Tages noch Licht, ein Mann arbeitete bei den Mülltonnen, es roch faulig. Paul hörte ein Kratzen auf Metall, dann ein Klopfen, der Mann schien etwas zu säubern. Tag, sagte er, bekam keine Antwort und bog in einen von Schlaglöchern übersäten Schotterweg ein, der zum Sportplatz führte.

Einige der Schlaglöcher des Weges waren mit Sand zugeschüttet worden, vergeblich, das Zerstörungswerk hatte erneut begonnen, und so drückten sich die alten Füllungen wieder durch den Sand, klein geschlagene, zersplitterte Klinkersteine, in manchen Löchern schimmerte es ölig. In ungebrochener Eile strebte Paul dem Sportplatz zu, er vernahm Rufe von dort. Bald jedoch übertönte das Flappen von Hubschraubern jedes Geräusch. Der Lärm schwoll an, blieb aber im Bereich des Erträglichen. Paul hielt Ausschau, er sah eine Hubschrauberformation im Tiefflug über den Dächern des alten Dorfes, sie näherte sich dem Kran mit dem Richtkranz, der zwischen den Baumkronen emporragte, sank dort langsam herab, dann verstellte ihm das Gebäude des Gemeindeamtes den Blick.

Als er zwischen hohen, schlanken Pappeln an das Geländer, das den Sportplatz umgab, trat, sah er, dass das Fußballspiel unterbrochen war, ein struppiger, weißer Hund hetzte, unbeirrt von den Beinen der halbwüchsigen Fußballspieler, mit seiner Leine dem Ball hinterher, ohne ihn fassen zu können, jeder Versuch, sich mit weit geöffnetem Maul auf ihn zu stürzen, endete damit, dass er noch weiter fortrollte. Einige der Fußballspieler wichen dem tobenden Knäuel aus und schwangen sich auf das Geländer, andere nahmen die Verfolgung auf oder schnitten dem Hund den Weg ab, prallten mit ihm zusammen, und besinnungslos trieb es ihn weiter, gefangen in der unaufhörlichen Bewegung mit dem Ball. He, Tante Rosie, rief ein Halbwüchsiger, der auf dem Geländer saß, mach was, sag ihm, er soll verschwinden.

Tante Rosie, eine beleibte Frau in mittleren Jahren, befand sich längst auf dem Spielfeld und hetzte den Fußballspielern, die Hund und Ball jagten, hinterher, so schnell, dass sie ihre weiße Schirmmütze auf dem Kopf festhalten musste, sie keuchte und rief. Niemand hörte auf sie. So trieben Hund und Ball über den Kreidestrich der Seitenlinie hinaus und unter dem Geländer hindurch zu den Pappeln, und zu einem Graben. Der Ball rollte schneller hinunter, doch der Hund stürzte ihm nach, sprang ins Wasser, dass es nach allen Seiten hin spritzte, und trieb den Ball weiter, viel langsamer als zuvor, gebremst vom Wasser, in dem seine Beine versanken, und von einigen Grasbüscheln, die grün waren wie im Frühling. Jetzt eilte auch

Tante Rosie heran, sie war zu erschöpft, um die Böschung des Grabens hinunterzusteigen und nach der Leine zu greifen, und Befehle halfen nicht, der Hund war stehen geblieben und bellte, er bewachte den Ball.

Als das Spiel mit einem anderen Ball wieder in Gang gekommen war, tauchte ein kleiner Mann in einem grauen Arbeitskittel hinter dem Vereinslokal auf, er schwankte unter dem Gewicht einer riesigen Stange, die er mit sich schleppte, und an deren Ende, wie bei einem Obstpflücker, ein Netz hing. Er kam um den Sportplatz herum, gefolgt von ein paar mageren, alten Männern, die die ganze Zeit vor dem Vereinslokal gestanden und dem Spiel zugeschaut hatten. Paul hob die Hand zum Gruß. Der kleine Mann, dessen gerötetes Gesicht einen strengen, fast wütenden Ausdruck hatte, nickte ihm zu, Tante Rosie sah er mit einem Kopfschütteln an. Auch die mageren Alten begrüßten jetzt Paul, wortlos und ohne ihn anzusehen, reichten sie ihm die Hand, sie schauten dem Mann zu, der mit seinem Gerät, diesem langen, künstlichen, für ihn fast zu schweren Arm, versuchte, den Ball aus dem Graben zu fischen, er konnte kaum das Gleichgewicht halten, zumal der Hund plötzlich aus dem Graben sprang und auf ihn zuschoss. Er hatte es aber nur auf die Stange abgesehen, die für einen Moment zurückwich, dann erneut vorstieß, dem Ball immer näher kommend, und der Hund bellte wütender, rutschte die Böschung hinunter, er fletschte die Zähne. Das Netz tauchte ins Wasser, stieß unter dem Ball wieder empor, jetzt war er gefangen; Tropfen perlten an seiner Lederhaut ab, es plätscherte. Der Hund schnappte ins Leere, mit einem harten Geräusch schlugen seine Zähne zusammen. Der hat die Rechnung ohne den Wirt gemacht, knurrte der Mann, als sei er beleidigt, auf seiner Glatze schimmerte der Schweiß.

Paul ging mit den Männern zum Vereinslokal, er sah, dass der Himmel sich immer mehr verschleierte, doch noch schien überall Blau durch. Na, sagte plötzlich einer der Alten, bist du wieder unterwegs? Paul nickte ihm zu und setzte seinen Weg fort, unter den Pappeln, in denen der Wind wirbelte und Blätter löste, Tante Rosie entgegen, die mit hochrotem Gesicht hinter einem der Trainingstore am Geländer lehnte. Na, Rosie, dein Hund hat dich ja ganz schön gehetzt, sagte er. Ach, antwortete sie schwer atmend, das ist noch nicht alles. Sie machte eine Kopfbewegung zum Spielfeld hin, und tatsächlich wetzte ihr Hund zwischen den Beinen der Fußballspieler auch dem neuen Ball hinterher. Na denn, sagte Paul, viel Vergnügen noch. Er tippte sich an die Stirn und überließ Tante Rosie ihrer Atemlosigkeit.

Hinter dem Sportplatz schlug er einen unbefestigten Weg ein, er ging den Spuren eines Traktors nach, die über ein frisch gepflügtes Feld führten und ihn auf die Spitze des Hügels, der vor ihm lag, bringen sollten, dem höchsten Punkt, seitdem er losgegangen war. Bald klebte Erde an seinen Schuhen. Er fing an zu summen, stockte, fing von neuem an, kam diesmal weiter mit dem Lied, stockte wieder. Auf halbem Weg zur Hügelspitze drehte er sich beiläufig, wie aus einer Gewohnheit heraus, um. Auf dem Fußballfeld, das die Pappeln schon ein wenig verdeckten, standen die Halbwüchsigen und die mageren Alten zur Treibjagd bereit. Der tut euch nichts, hörte er Tante Rosie rufen. Die Schreie und Rufe wurden lauter.

Er setzte seinen Weg fort, fing an, die Melodie, die er eben noch gesummt hatte, zu pfeifen, und dirigierte dazu.

Oben lag ein Findling, an dem er sich ausruhte, um noch einmal zum Sportplatz zurückzuschauen. Das Spiel schien zu Ende gegangen zu sein, selbst vor dem Vereinslokal war niemand mehr zu sehen, das Gelände sah ausgestorben aus. Dann aber wogte ein dichtes Knäuel von Spielern hinter den Pappeln hervor, und erst jetzt sah Paul wieder die wenigen Zuschauer am Rande des Spielfeldes, sie deuteten mit ausgestreckten Armen auf etwas hin, was er nicht sehen konnte.

Er wandte sich ab, und indem er seinen Blick auf die vor ihm liegende Landschaft richtete, nahm er Haltung an, so als müsse er sich vor jemandem zeigen. Der zwischen Hügel gebettete See erstreckte sich in einem weiten Bogen um Paul, er war gefleckt mit verschiedenem Blau, Seen auf einem See, in dessen Mitte sich Wellen brachen, es schien, als habe er eine Richtung, als ströme er in die Buchten und um die Inseln, wo das Wasser, wie am Schilfgürtel des gegenüberliegenden, waldigen Ufers, nur leicht gekräuselt war. Das rote Ziegeldach eines Schlosses und die Reetdächer einiger Scheunen ragten dort drüben zwischen den Bäumen hervor, dahinter stieg die Landschaft sanft an, auf die Höhe des Hügels, auf dem er stand, und er hörte das Gebrüll von Vieh, dann ein Flügelschlagen, den Warnlaut einer Elster, er sah hinter sich, er horchte.

Jenseits der Halbinsel, die den großen See von einem kleineren trennte, erblickte er ein Boot, das einen kurzen schaumigen Schweif hinter sich her zog und auf den Schatten einer heranziehenden, dichten Wolkenfront zuhielt, die längst über dem Nachbardorf lag, er sah die Badestelle, ein paar niedrige Häuser, den alten Kirchturm inmitten eines Rings gelbverfärbter Bäume, das Pastorat. Hier kehrte sein Blick um, über die Straße, die aus dem Dorf herausführte, sie durchschnitt einen Wald, berührte das Ufer des kleinen Sees, verschwand unterhalb eines Abhangs, tauchte zwischen den höher gelegenen Feldern wieder auf, und dort erschien ein Armeejeep, beschleunigte, raste an den ersten Häusern des alten Dorfes vorbei und fuhr mit quietschenden Reifen in die große Kurve am Dorfkrug, den gerade jemand betrat.

Es wurde wieder stiller. Der Teich hinter dem Dorfkrug spiegelte den verschleierten Teil des Himmels, Rauch stieg aus einem der angrenzenden Gärten empor. Die Elster aber hörte nicht auf zu rufen, diese knatternden Laute, er schaute sich nach ihr um, ohne sie entdecken zu können, und ließ seinen Blick über die Ackerfurchen zu den Bäumen auf der dem See zugewandten Seite des Hügels herabsteigen und weiter abwärts zu dem Laubwald, hinter dem das Dach des Gutshofes hervorschien, zwei Reiter galoppierten am Waldrand entlang, in Richtung des Tannenwäldchens und der Straße, die vom See her, durch die Wochenend- und Ferienhausgebiete und am unbewohnten, rot verklinkerten Haus vorbei, zurück zu jener Siedlung führte, in der Paul wohnte.

Diese lag zwischen anderen Siedlungen, neueren und älteren, er sah das Feld mit dem Bauschild, die alte Eiche an der Hauptstraße, die Sparkasse, das Neubaugebiet. Die Geräusche der Baufahrzeuge klangen entfernt, über die Felder und Knicks zogen Staubwolken davon. Weiter hinten, am Bahnübergang, über den sich die Überlandleitungen schwangen, blinkte das Warnlicht. Das Eisenbahngleis führte auf den Bahnhof einer kleinen Ortschaft zu, teilte sich vor dem Bahnsteig, an dem ein Personenzug wartete, verschwand hinter einem Silo und einigen Häusern, kam vor der Brücke über einen Fluss wieder zum Vorschein und verlor sich in der nächsten, weitgestreuten Siedlung, Erdrammen und Kräne ragten hinter ihr hervor, den Rohbau einer Brücke flankierend, die noch ohne Straßenanschluss war. Die Landschaft wurde hier flacher, ein Frachtschiff fuhr langsam durch die Wiesen, in der Ferne schillerte das Wasser des von Baumreihen gesäumten Kanals, und aus dieser Richtung drang plötzlich der Lärm einer großen, stark befahrenen Straße heran, ein Rauschen, das der Wind in Fetzen riss, bevor er Pauls Haar zerzauste, und Paul strich es zurück, wollte es festhalten, aber sooft er den Blick über die vor ihm liegende Landschaft schweifen ließ, kam es wieder frei unter seinen zittrigen, sich wie von selbst hebenden Händen.

Ein Güterzug raste jetzt durch die kleine Ortschaft, am Gegenzug vorbei, über die Flussbrücke, in die Richtung einer Stadt, die am Horizont zu sehen war, mit ihren weißen, im Sonnenlicht strahlenden Hochhäusern, mit den roten Dächern der älteren Viertel, den Hafenkränen, dem Fernsehturm, und ein landendes Flugzeug verschwand hinter der Aussichtsplattform, tauchte wieder auf, sank weiter herab, auf den Kühlturm eines Kraftwerkes zu, im nächsten Moment verdeckt von einem Schwarm Tauben, der eine Zeit lang in weiten Kurven um den Hügel mit dem Findling kreiste, bevor er abdrehte und Kurs nahm auf die Pappeln am kleinen See.

Allmählich drehte der Wind auf westliche Richtungen, und als die Wolkenfront die Sonne, deren schräge Strahlen zuletzt nur noch schwach durch die Schleierwolken gedrungen waren, zu bedecken begann, machte sich ein graues, klares Licht breit, in dem der Atem der Landschaft für einen Augenblick stockte, die schwärzlichen Äste der Bäume starr wie im Winter.

Etwas unterhalb des Findlings kam er an einen Weg. Um auf ihn zu gelangen, musste er einen wasserlosen Graben überspringen, er landete auf halber Höhe der Uferböschung, hielt sich an Grasbüscheln fest und zog sich auf allen vieren daran hoch. Da kauerte er, am Wegesrand, nur langsam richtete er sich wieder auf, er schlug den Schmutz von der Hose und den Händen, er sah sich um, der Sportplatz war hinter der Hügelkuppe verschwunden. Aus Richtung der Halbinsel drang plötzlich der Lärm von Tieffliegern zu ihm, das scharfe Kratzen am Himmel, das Dröhnen, aber erst im letzten Augenblick erspähte er sie, in viel weiterer Ferne, als er geglaubt hatte, dort, wo die Hügellandschaft jenseits des Nachbardorfes in eine große Ebene abfiel, sie jagten über den Feldern und über den wie auf einer Bühne hintereinander gestaffelten Bäumen, Knicken und Ortschaften davon, neigten sich in eine Kurve, und so verlor er sie wieder aus den Augen. Er zog seinen Blick zurück, über die Landschaft hinweg, bis zu den Baugruben der großen

Baustelle, zu den Sandhaufen, die ihm aus dem einfallenden Grau des Nachmittags entgegenleuchteten.

Er nahm seinen Weg wieder auf, kam aber nicht weit. Etwas zwang ihn stehen zu bleiben und zu horchen, sich umzusehen, das Feld abzusuchen, seinen Blick schweifen zu lassen in der Hoffnung, etwas zu erhaschen, aber er blieb nirgendwo hängen, er ging ein paar Schritte, hielt an, wiederholte das, was er zuvor gemacht hatte, jetzt unruhiger lauschend, bis er plötzlich in einiger Entfernung den struppigen Hund vom Sportplatz entdeckte, er spürte mit gesenktem Kopf einer Fährte nach, als habe er die ganze Zeit nichts anderes getan, sein weißes Fell sah schmutzig aus, er war jetzt ohne Leine.

He, rief Paul verwundert, lauf zurück zu Rosie. Der Hund hob für einen Moment den Kopf, spitzte die Ohren, sah ihn an und verfolgte weiter seine Spur, er trottete zu Pauls Rechten dahin, ohne den Abstand zu verringern. Im Gehen versuchte Paul, den Hund zu sich zu locken, er sprach mit ihm in undeutlichen Worten, ›Komm‹ vielleicht oder ›bei Fuß‹, aber der Hund ließ sich nicht beirren, auch wenn er jetzt, da Paul stehengeblieben war, selbst anhielt und sich erst, als Paul weiterging, wieder in Bewegung setzte. So richtete sich der Hund nach

Paul, zögerte sogar, wenn dieser seinen Schritt verlangsamte, um einen Blick über die Landschaft zu werfen, und sobald Paul einen neuen Lockversuch unternahm, wich er ein wenig zurück, doch ohne den Kopf zu heben. Und bald gingen sie unbeschwert dahin, als hielten sie den leichten Abstand derjenigen ein, die sich schon jahrelang kennen, sie ließen das Feld und den Hügel mit dem Findling hinter sich.

Am Rande des alten Dorfes, bei einer Kreuzung, machten sie Halt. Von hier aus führte eine Straße an einem Bauernhof und an einem Sackgassenschild vorbei auf die Halbinsel, doch Paul bemerkte, dass der Hund bereits in die andere Richtung dieser Straße weitergetrottet war, mit unablässig gesenktem Kopf, als habe er Paul bereits vergessen oder gar noch nie gesehen, er ging weiter seiner Fährte nach, am Dorfteich entlang, dicht am Uferschilf, in das eine Böe fuhr, die die Kolben niederdrückte, aber er ließ sich nicht stören. Einmal wechselte er die Straßenseite, um gegen einen Laternenpfahl zu urinieren, und als er damit fertig war, scharrte er mit den Pfoten, wie um Erde über den feuchten Fleck zu werfen, aber da war nur das Kopfsteinpflaster der Straße, der Hund setzte seinen Weg fort, und Paul schaute ihm hinterher, bis er hinter dem Dorfkrug verschwunden war.

Er wandte sich um und schlug einen Pfad ein, der neben dem Bauernhof durch ein Brennnesseldickicht führte, in den Ställen brüllte das Vieh, Hufe scharrten, eine Kühlanlage heulte, er hielt sich die Ohren zu. In einem Zwinger sah er einen Schäferhund wachen.

Die Wiese hinter den Brennnesseln, durch die er sich mit seinem Beutel einen Weg gebahnt hatte, reichte von einer Pappelreihe bis an das schmale Sandufer des kleinen Sees, der über einen von Fischernetzen verengten Durchstich mit dem großen See verbunden war. Auf der Wiese weideten Kühe, die sich nicht um ihn kümmerten, als er dort, wo das müde Gras zu einer Art Pfad auf den Boden niedergedrückt war, an ihnen vorbeiging, er wich ein paar Kuhfladen aus. Die meisten Kühe grasten nahe des Ufers, eine Kuh, die gemächlich vor sich hin kaute, stand schon im Wasser, und was da um ihre Hufe plätscherte, waren kleine Wellen, die hastig über den Ufersand spülten und in die nachfolgenden Wellen zurückflossen, er sah, wie sich mit dem Wind ein Kräuselschatten auf dem Wasser ausbreitete, so als fröre der See.

Die Kuh im Wasser entleerte sich. Paul fuhr zusammen, entspannte sich aber, sobald er die Ursache des Platschens erkannt hatte, er sah die späte Nachmittagssonne, die an einer dünnen Stelle der Wolkenfront noch einmal zum Vorschein gekommen war, mit zerfließenden Umrissen, es war ausgeschlossen, dass sie länger zu sehen sein würde. Am Rande der Wiese fand er eine Stelle, um sich niederzulassen, er legte seinen Mantel ab, breitete ihn über das Gras und nahm den Kuchen aus dem Beutel, ein paar Krümel fielen herunter, auch größere Stücke. Langsam setzte er sich hin, auf den Beutel, der ihm als Sitzunterlage auf dem Mantel diente, zuletzt, als er das Gleichgewicht nicht mehr halten konnte, ließ er sich fallen, er fiel auf etwas Hartes. Er rückte ein wenig zur Seite, zerrte den Beutel unter sich hervor und nahm Schneiders Feuerzeug heraus, er legte es ins Gras. Ein schwaches Lächeln zog über sein Gesicht.

Dann saß er wieder auf seinem Beutel, er biss in den zerklüfteten Rest des Kuchens. Während er kaute, richtete er seinen Blick auf den sandfarbenen Teig, er musterte ihn an den Nasenflügeln vorbei, seine Augen verdrehten sich, er hörte, wie die Kühe am Gras rupften und vor sich hin schnaubten.

Nachdem er den Kuchen aufgegessen hatte, versuchte er, die auf seinen Mantel gefallenen Krümel zu beseitigen, er drückte sie zu kleinen, bröckeligen Gebilden zusammen und legte sie sich auf die Zunge. Manche brachen auf dem Weg zum Mund auseinander und fielen zurück in seinen Schoß, aber er sammelte alles wieder auf und fing von vorne an. Für dich, sagte er und warf der Kuh, die im Wasser stand, ein Klümpchen hin. Sie setzte einen Huf vor, streckte den Kopf über die Wiesenkante, ihre Zunge fuhr durch das Gras.

Zuletzt blieb nur Verstreutes übrig, er leckte die Spitze seines Zeigefingers an und begann zu stippen, feuchte, doch schnell trocknende Flecken breiteten sich auf seinem Mantel aus, immer dort, wo er noch Reste entdeckte, er gab es nicht auf, zuletzt tastete er über den Stoff, als dürfe er keinen Krümel übersehen. Dann strich er die Falten aus, fuhr jedoch, nachdem er damit fertig war, fort, mit der Hand über den Mantel zu fahren, vorsichtig und ohne die Oberfläche richtig zu berühren.

Allmählich wurden seine Bewegungen langsamer. Er schaute auf. Die Kuh hörte für einen Moment auf zu kauen, der See lag jetzt fast glatt da. Paul hielt seine Hand an. Dann streckte er sich und verharrte so, die Arme in die Höhe gereckt.

Die Luft war mild, die Feuchtigkeit nahm zu. Er gähnte, er stöhnte leise. Hinter der Wolkenfront, die jetzt direkt über ihm war, sah er ein Flugzeug auftauchen, es durchflog in großer Höhe einen letzten Rest Blau, und das schwache Grollen, das er vernahm, hielt sich auch dann noch, als das Flugzeug längst hinter den Kronen der Pappeln verschwunden war.

Er erschrak. Er sah, dass die Kühe näher gekommen waren, sie schauten ihn an. Bei seinen Füßen pickten zwei Tauben, eine dritte betrat einen Zipfel seines Mantels, unbeeindruckt von seinem Schreck. Er scheuchte sie davon, verfolgte ihren kurzen Flug, sie landeten nicht weit von der Kuh, die im Wasser stand, sie graste mit vorgerecktem Kopf die Wiesenkante ab, zusammen mit einer anderen Kuh. Der See lag immer noch ruhig da. Die Sonne war endgültig verschwunden.

Mühsam, auf ein Knie gestützt, stemmte er sich hoch. Als er stand, sah er an sich herunter und prüfte die Sauberkeit seiner Kleider, er schlug ein paar Grashalme ab, sein Blick fiel auf den zerknitterten Beutel und auf Schneiders Feuerzeug, das daneben im Gras lag. Oh, entfuhr es ihm, er musste das Feuerzeug aufheben, es besehen, im Licht wenden und, nachdem er einen schwarzen Faden aus dem Rädchen entfernt hatte, polieren, dann legte er es eine Weile ins Gras, aber so, dass er es nicht aus den Augen verlieren konnte, er stülpte den Beutel um und ließ allen Staub, alle Reste herausrieseln, von ihm weg, mit dem Luftzug, der ihn umströmte, und erst jetzt durfte das Feuerzeug hinein, na komm, murmelte er, und vorsichtig wickelte er den Beutel darum.

Nachdem er ihn zurück ins Gras gelegt hatte, bückte er sich, um seinen Mantel aufzuheben, und plötzlich fasste er sich an den Hosenboden. Der Stoff war feucht. Er sah, dass auch der Mantel einen Flecken hatte, und hastig blickte er nach allen Seiten, so als wolle er nicht gesehen werden, auch zu den Kühen in seiner Nähe schaute er, sie hatten sich abgewandt und grasten wieder, sie ließen ihre Schwänze tanzen. Noch einmal fasste er die Hose an, ein Frösteln zeigte sich auf seinem Gesicht. Blitzschnell führte er die Hand an die Nase. Er roch daran. Dort, wo er gesessen hatte, war das Gras dunkler, von den zerdrückten Halmen stiegen die Gerüche der Wiese auf. Es wurde jetzt kühler.

Während er versuchte, die Feuchtigkeit aus der Hose zu reiben, schaute er den Tauben zu, die hier und da noch etwas aufpickten, wischte schließlich die Hand am Hosenbein ab, zog den Mantel an, und die Tauben flatterten auf, mit ihnen andere, die er hinter den Kühen nicht hatte sehen können, sie sammelten sich über dem silbrig schimmernden See, flogen ihre eiligen Kreise und verschwanden jenseits der Pappeln, in Richtung des alten Dorfes. Achtlos stopfte er den Beutel mit dem Feuerzeug in die Manteltasche und ging los.

Der Pfad, auf dem er, von den Pappeln aus, über die Wiese zum Strand gegangen war, führte zu einem verschlossenen Gatter. Daneben befand sich ein Übertritt, den er, wollte er von hier fortkommen, ohne den bereits gegangenen Weg noch einmal zu nehmen, benutzen musste, allerdings versperrte ihm eine größere Gruppe von Kühen den Weg. Sie beachteten ihn nicht, als er sich trotzdem näherte, nur die beiden Kühe, die vom Wasser aus die Wiesenkante abgegrast hatten, schauten ihm auf einmal hinterher, ihre Augen zuckten, sie setzten die Hufe vor, es spritzte, er erwiderte ihren Blick. Sie verharrten leicht vorgerückt, und langsam wandten sich ihre Köpfe ihm nach, in den Augen der gleichmütige Blick, die Haut an den Hälsen dehnte sich, und so verfolgten sie einander, bis er nach vorne schauen musste und nicht mehr sehen konnte, was sie aus seinem Verschwinden machten.

Er befand sich jetzt mitten in der Gruppe der anderen Kühe, er irrte darin umher, immer wieder stand eine Kuh ihm im Weg, und er bemerkte plötzlich, dass der Boden unter seinen Füßen erzitterte, wie unter dem Gewicht seiner eigenen Schritte. Als er kurz stehen blieb, setzte sich das Zittern fort, es ähnelte einem Beben, das langsam abebbte, und er schaute auf, spähte über den kleinen See ans andere Ufer, konnte aber nichts erkennen. Die Kühe schienen nichts zu bemerken, sie grasten vor sich hin, er sah das im allmählich herabfallenden Dämmerlicht sich leicht über das Schwarz hebende, flimmernde Weiß ihrer Rücken, kaum einmal setzten sie einen Huf vor. Auch als er sie endlich hinter sich gelassen hatte und den Übertritt hochkletterte, konnte er nichts Auffälliges sehen, langsam erhob er sich über die Kühe.

Auf der obersten Stufe angekommen, setzte er sich, um Atem zu holen, rittlings saß er auf dem Übertritt. Er hob den rechten Arm, streckte ihn aus, dehnte ihn, ließ seine Finger spielen und ihre Gelenke krachen. Unzufrieden nahm er den Arm wieder herunter, zog den Mantel aus und krempelte die Ärmel von Hemd und Pullover hoch, um seinen Arm zu massieren, erst mit den Knöcheln, schließlich so, als streife er einen Handschuh, der bis zum Ellenbogen reichte, immer wieder ab und werfe ihn zu Boden. Zuletzt schüttelte er den Arm wie etwas Fremdes – dann fuhr Paul hoch und schlug zu. Die Faust krachte auf die oberste Stufe, aber der Schmerz, den er erwartete, war machtlos gegen das ohrenbetäubende, schrille Pfeifen, das sich plötzlich mit rasender Geschwindigkeit herangemacht hatte, hier war es, hier riss der Himmel auf, ein riesiger, eiserner Mund, aus dem etwas herausbrüllte, so laut, dass es ihm den Kopf zwischen die Schultern stieß, und ein Donnern erfüllte die Landschaft, dröhnte im nächsten Moment nur noch nach, rollte aus, zum großen See hin, die Tiefflieger waren nicht mehr zu sehen.

Als er entsetzt niedersinken wollte, riss ihn ein neuer Angriff hoch. Dass er sich mit einer panischen Bewegung die Ohren zuhielt, kam zu spät, nur gegen den nachhallenden Lärm konnte er sie verschließen, er presste die Hände an den Kopf. Langsam sackte er in sich zusammen, bis ihn nur noch die oberste Stufe des Übertritts hielt, er stützte die Ellenbogen auf die Knie, verbarg seinen Kopf unter den Armen und Händen, wie in einer Höhle, in der er sich verkriechen wollte, um den nächsten Angriff ohne Schrecken über sich ergehen lassen zu können.

Die Kühe hatten sich währenddessen am Gatter zusammengedrängt, sie schauten jetzt hoch zu Paul, dem alten, hingekauerten Mann, der, als die dritte Angriffswelle in größerer Entfernung über den See hinweggejagt war, seinen Kopf langsam aus seiner Höhle zog, bleich und verängstigt, zutiefst erschrocken über etwas, das er nicht verstand, und sich mit zögernder Hand über die Stirn wischte, ein Schweißtropfen hing an seiner Nase und fiel. Eine Unruhe unter den Kühen, ausgelöst von einer schreckhaften Kuh, ließ ihn die Hand abrupt zurückziehen, erneut duckte er sich unter die Arme, ein Schnauben und Stoßen war jetzt in Gang gekommen, gefolgt von einem Getrampel, das sich über den Boden forttrug und ihn erschütterte. So verharrte er in seiner Höhle und machte sich unsichtbar.

Etwas später bemerkte er, dass die rechten Ärmel von Hemd und Pullover noch hochgekrempelt waren, und er fing an, über seinen nackten Arm, den er jetzt in die Höhe streckte, zu kratzen und zu reiben. Bald verringerte er den Druck, sodass die Härchen sich aufrichteten, sanft kitzelte er die Innenseite seiner Hand. Zuletzt, als er schon die Ärmel heruntergekrempelt hatte und gerade begann, sich mit dem Manschettenknopf abzumühen, kniff er sich. Der Schmerz kam sofort. Zwischen den Bäumen der Halbinsel sah er Rauch aus dem Schornstein eines Hauses aufsteigen und verwehen.

Er kam zügig voran, er ging leicht vorgebeugt, in kleinen, eiligen Schritten, als sei nur so die Gefahr abzuwenden, dass er hinfiel, der Untergrund, auf dem er lief, dunkle, festgetretene Erde, schwang mit. Er kam an einigen mit Gittertoren versperrten Stegen vorbei, an ihrem Ende, eingerahmt vom Uferschilf, sah er den kleinen See, der silbrige Schimmer war matter geworden. Es raschelte leise. Einmal ertönte der unterdrückte Schrei eines Vogels. Dann hörte er über sich wieder die Wildgänse, und diesmal sah er sie, am grauen Himmel, von dem sie kaum zu unterscheiden waren, sie flogen in ihrem Keil südwärts davon, entlang der Halbinsel, auf den großen See zu, ihre Rufe hatte einen aufdringlichen, unzufriedenen Ton, und plötzlich waren sie seinen Blicken wieder entschwunden, von der Bewölkung verschluckt.

Er sah hinunter zu den Netzen des Fischers, die im Durchstich zwischen kleinem und großem See aufgespannt waren. Ein Ast trieb im Wasser, er hörte es plätschern, ein Fisch stieß nach oben. Der Wind zerrte am Schilf. Ein letzter Widerschein der Sonne durchzog die Schichten der Bewölkung. Der Abend begann.

Durch das Unterholz gelangte er zum Wendeplatz einer Schotterstraße, die durch die Waldsiedlung der Halbinsel ins alte Dorf zurückführte. Einige der Häuser, an denen er vorbeikam, lagen weit unterhalb der Straße, und manchmal erblickte er zwischen den Bäumen ihrer zum Ufer hin sanft abfallenden Gärten den großen, grauen See. Dann wiederum gab es Häuser, die weit oben standen, wie an einem Steilufer, hinter dem er nichts anderes sah als den Himmel.

Ein Auto kam auf ihn zu, es fuhr langsam, geschüttelt von den Schlaglöchern, die an manchen Stellen zu breiten Kuhlen ausgefahren waren, das auf- und abwippende Scheinwerferlicht blendete ihn. Das Auto fuhr vorüber, ohne dass er hineinschaute, er hörte, wie der Wind in die Bäume fuhr, wieder abflaute und den metallischen, kalten Klang hinterließ, den er schon von Schneiders Wohnzimmer aus gehört hatte, der Nachhall einer Musik, deren letzter Ton längst gespielt worden war.

Über einem Haus wölbte sich, zwischen hohen Tannen, ein schmaler Streifen Himmel, wie hoch über einer Schlucht. Das Haus war mit Reet gedeckt, an einem Balken des mit rotem Klinker ausgefüllten Fachwerks schimmerte eine Jahreszahl. Die Zimmer lagen im Dunkeln. Zögernd trat Paul näher. Die geharkte Auffahrt sah unberührt aus, nur die Spur eines Tieres kreuzte sie, auf einem Streifen in der Mitte zitterte Gras. Von dem Pfosten der Gartenpforte, an dem die Gegensprechanlage befestigt war, leitete ein mit leuchtend weißer Farbe gestrichenes Geländer seinen Blick entlang der Auffahrt zur Eingangstreppe und zu einem Weg, der, ebenfalls gesäumt von einem weißen Geländer, hinter das Haus führte.

Die Gartenpforte war abgeschlossen. Er klingelte. Er wartete eine Weile, ohne dass etwas geschah, klingelte ein zweites Mal, er hielt seinen Zeigefinger jetzt länger auf den Klingelknopf gedrückt. Die Gegensprechanlage blieb stumm. Er machte eine Pause, sah zu den Ästen einer Tanne, die sich weit über den Rasen schwangen und behäbig auf- und niederwippten, startete, mit rasch zustoßendem Finger, einen Überraschungsangriff und klingelte in einem Rhythmus, einmal kurz, zweimal lang, einmal kurz, er gab es nicht auf. Allmählich wurde es dunkel, die weiß gestrichenen Geländer traten stärker hervor, an der Schotterstraße erwärmte sich das Licht der Straßenlaternen, die in großen Abständen an den Strommasten hingen.

Noch einmal klingelte Paul Sturm. Plötzlich aber brach er das Klingeln ab, fuhr mit der Hand in das Zeitungsrohr, das an der Innenseite der Pforte hing, und tastete darin umher, so als suche er etwas. Alles, was er zutage förderte, war eine Reklamesendung, die er einen Augenblick lang vorsichtig in der Hand hielt, dann aber zerknüllte und über die Pforte warf, doch sie entblätterte sich im Fallen mit dem Wind und kratzte über die Auffahrt zu ihm zurück. Überstürzt verließ er den Ort.

Bald lag die Waldsiedlung hinter ihm, er ging jetzt durch ein offenes Gelände. Die Silhouetten der Bäume, Knicke und Stallungen ragten in den Himmel, in dem sich ein Rest Helligkeit hielt, einmal erkannte er sogar den erhobenen Kopf eines Pferdes.

Er ging noch schneller, er marschierte wieder. Die Pappeln an der Kuhwiese tauchten auf; das

Dach des Bauernhofs, an dem er vorhin vorbeigegangen war, schob sich in seinen Blick. Dann sah er dort, wo die Straße eine leichte Biegung machte, ein anderes Haus, es lag ebenfalls im Dunkeln, kaum berührt vom Licht der Straßenlampe, die die Grenze des alten Dorfes markierte.

VI

Sie redete mit dem Kater. Lass mich durch, sagte sie, ich will wissen, wer – nun mach schon, Kater, sagte sie, raus mit dir. Ich komme, rief sie zur Tür hin. Der Kater, ein schwarzes Tier, schlüpfte durch die Klappe in der Haustür und strich mit erhobenem Rücken um Pauls Beine. Ach, sagte sie, ich habe den falschen Schlüssel, einen Moment bitte. Warte, Ingeborg, sagte er, ich bin's, Paul, aber sie war den Flur schon so weit zurückgegangen, dass sie ihn nicht mehr hörte, sie klimperte mit den Schlüsseln. Er seufzte und schaute dem Kater nach, der plötzlich davonsprengte, durch den zaunlosen Vorgarten zur Straße, und bevor er im Schilf des Dorfteiches verschwand, in einem kurzen Moment des Innehaltens, hob er den Kopf und schaute zu ihm zurück.

Paul stand auf dem Treppenabsatz vor dem Haus am Rande des alten Dorfes und wartete, er wusste nicht, wie er seine Hände halten sollte, erst ließ er sie an den Seiten herabhängen, ertrug es aber nicht lange, faltete sie dann vor dem Bauch, bis ihn auch das nervös machte und er sie in die Manteltaschen steckte, er begann umherzuschauen. Er sah die Fassade hinauf, entdeckte unter den Fenstern, von denen jetzt eines erleuchtet war, ein paar dunkle, zungenförmige Flecken, und sein Blick schweifte über die Dachschräge und die Betonstelzen, auf denen das Haus an dem kleinen Steilhang stand, zu einem wagenbreiten, vom Dach überragten Unterstand, in dem ihr kleines, rotes Auto parkte.

Von der Einfahrt abzweigend führte ein kurzer Plattenweg zur Treppe, die er zuvor mühsam, denn ihre Stufen waren höher als üblich, hinaufgestiegen war, er hatte auf halbem Weg Halt machen müssen und erschöpft auf den kahlen Boden, in dem die Betonstelzen verankert waren, gestarrt, und trotz dieser Pause war er schwer atmend auf dem Treppenabsatz vor der Haustür angekommen. Mit zittrigem Finger hatte er geklingelt und bald darauf Ingeborg, obwohl ihm sein Keuchen zunächst alles zu übertönen schien, mit klatschenden Pantoffeln die Treppe zur Haustür heruntersteigen gehört, es hatte lange gedauert, trotz ihrer Eile, er bemerkte jetzt, dass das Fenster über ihm weit offen stand, das der Küche, es roch nach Essen, etwas zischte, sein Herz klopfte wie wild.

Wieder klimperte sie mit den Schlüsseln, er hörte sie fluchen. Ich habe meine Brille oben vergessen, sagte sie, verdammt, ist das dunkel hier. Über der Haustür ging eine Lampe an, eine nackte Glühbirne, deren Licht wie etwas Hartes auf seinen Kopf fiel und ihn blendete, er brauchte es nicht, auch wenn es jetzt fast dunkel war. Er wandte sich ab, schaute über den Vorgarten hin zur Straße, zum Dorfteich auf der anderen Seite, eine bleiche, vom Himmel gefallene Helligkeit hatte sich auf dem Wasser ausgebreitet. Neben dem Haus waren die Schatten durch das Licht der Glühbirne schärfer geworden, sie tauchten den Garten in eine frühe, nächtliche Schwärze. Indem er die Augen mit der Hand gegen das Licht abschirmte, versuchte er dieser Schwärze Herr zu werden und mit seinen Blicken in den hinteren Teil des höher gelegenen Gartens zu gelangen, und während sich Ingeborg mit dem Türschloss abmühte, schälte sich aus der Dunkelheit, in dem Maße, wie sich seine Augen daran gewöhnten, eine Gruppe Tannen, unter deren Ästen und Zweigen die Schwärze umso dichter war, ein Schatten, der ein Stück des Rasens bedeckte und sich leicht regte, mit dem schwach wehenden Wind.

Schließlich öffnete sie. Er konnte sie nicht richtig erkennen, weil die Glühbirne über der Haustür ihn jetzt, da er die Hände heruntergenommen hatte, wieder blendete und der Schatten des Türrahmens über ihr Gesicht und ihren Körper fiel, und nur die Hand, die sie ihm entgegenstreckte, es war die linke, ragte in den Lichtschein hinaus. Dann, fast im selben Augenblick, da es auf einmal süßlich nach Alter und Krankheit roch, nach der frischen Schärfe einer Arznei, da oben das Zischen plötzlich lauter wurde und da ihn zugleich eine Kraft, die von Ingeborgs leuchtender Hand ausging, ins Hausinnere zu ziehen begann, machte sie einen Schritt ins Licht der Glühbirne, das Zischen brach ab, und vor der Tür stand eine kräftige Frau mit einst feinen, jetzt aufgedunsenen Zügen, deren Augen, trotz aller Wachheit, mit der sie ihn musterte, halb geschlossen waren, ein paar Strähnen des glatten, grauen Haares hingen vor ihrem leicht geschminkten Gesicht. Sie strich die Strähnen zurück, als er nichts sagte, ihre Hand nicht ergriff und auf dem Treppenabsatz verharrte, der süßliche Geruch blieb, den rechten Arm trug sie in Gips.

Was stehst du da, fragte sie, ich koche mir gerade etwas für die Woche. Er hob die Hände. Ich will nicht stören, sagte er. Ach, erwiderte sie, das willst du. Koch nur weiter, sagte er, ich setz mich ins Wohnzimmer. Ich warne dich, sagte sie, du kommst dann wieder nicht weg. Er nickte, sie ließ ihn rein. Er legte seinen Mantel über den mit Jacken und Mänteln überladenen Garderobenständer im Flur und ging ihr voraus. Was ist mit deinem Arm, fragte er, während er sich auf die Stufen konzentrierte, er hörte sich wieder keuchen, bist du schon so hinfällig, in deinem Alter? Doch sie antwortete nicht, sie schien versunken, sie pfiff eine leise Melodie vor sich hin.

Hier, sagte sie oben im Flur, dessen Wände leer waren bis auf einen Spiegel, fühl mal, schöner schwerer Gips. Sie machte ihren Arm schwer und ließ ihn in seine Hand sacken. Ein kleiner Reitunfall, sagte sie. Ein Reitunfall, fragte er, reitest du wieder? Vom Fahrrad bin ich gefallen, antwortete sie, auf dem Weg vom Supermarkt, in der Kurve vor dem Dorfkrug ist mir plötzlich übel geworden, ich habe die Besinnung verloren. Das kommt von den Medikamenten, die machen die Knochen müde und mich auch. Er schaute sie an, konnte aber ihr Gesicht im trüben Licht der Flurlampe nicht richtig erkennen, und so nahm er sie bei der Hand und führte sie ins Wohnzimmer zu ihrem Sessel, der an der Fensterfront zum Garten stand. Er knipste die

Stehlampe neben dem Sessel an, bog den Lampenkopf nach oben, fasste sie am Kinn, und indem er ihr Gesicht ein wenig hin- und herwendete, nickte er. War schon schlimmer, sagte er, er sah, dass die Farbe auf ihrem Augenlid verschmiert war. Lass das, sagte sie, sie versuchte, seinen Blick von sich abzulenken. Ich muss zurück in die Küche, der Kochtopf fliegt mir sonst noch in die Luft. Sie nahm seine Hand von sich, stand auf, ging, er folgte ihr. Du siehst aber gut aus, sagte er. Sie blieb stehen. Du setzt dich hierhin und störst mich nicht, sagte sie. Er zog an der Schleife ihrer Schürze, doch sie verknotete sich. Verdammt, sagte er. Er zerrte weiter. Was soll das denn, sagte sie und half ihm. Ohne Schürze und mit großen Schritten verließ sie das Wohnzimmer.

Sieh mal, rief sie nach einer Weile aus der Küche, da draußen kommt ein Laternenumzug. Er griff nach den Armlehnen seines Sessels und zog sich hoch. Als er, ein wenig schwankend, stand, berührte ihn die Abendbrise, er hatte, sobald Ingeborg in der Küche verschwunden war, die Vorhänge beiseite geschoben und die Terrassentüren geöffnet, und es war ihm auf einmal vorgekommen, als stünde er mitten im dunklen Garten, umgeben von den Tannen, durch die ein leises Hauchen strich. Er war zurückgeeilt, hatte das Licht der Stehlampe gelöscht und wieder in den Garten geschaut, die vordere Hälfte des Rasens war rasch sichtbar geworden, die weiß übertünchten Mauersteine eines Schuppens, der ohne Tür war, das Gebüsch neben der Terrasse, ein paar einzelne hohe Gräser, die Kronen der Tannen. Ein schwaches, weißlich schimmerndes Licht lag auf dem Garten, ein Licht, das einen Abend und eine Nacht lang nicht vergehen würde, wie das des Mondes, den er aber nirgendwo sah, nicht einmal als matten Schein in der Bewölkung, und nur die kahlen Stämme der Tannenbäume, die den sanft ansteigenden Hang hinter dem Garten hinauf standen, schoben sich zu einer dichteren Finsternis zusammen, in Richtung des Hügels mit dem Findling, an dem er sich nachmittags ausgeruht hatte.

Fetzen von Blasmusik drangen durch die geöffneten Terrassentüren herein, und von der Küche, in der Ingeborg arbeitete, sah er jetzt grelles Licht in den Flur fallen, ein letzter Ausläufer davon lag scharf umrissen auf dem Boden des Wohnzimmers, dessen Möbel im Schatten verschwanden. Er ging los, doch seine Knie machten auf einmal nicht mehr mit, er drohte einzuknicken, fasste unwillkürlich hinter sich ins Dunkle, wo er die Sessellehne vermutete, stieß auf ein kühles, metallenes Gehäuse, das, sobald er sein Gewicht zu sehr auf eine Seite verlagerte, zu wackeln begann, erschrak, fing sich wieder und kehrte, ohne die Hand von dem Gehäuse zu nehmen, dem Licht aus der Küche den Rücken zu.

Zur Beruhigung ließ er seinen Blick durch das Wohnzimmer gleiten, die Möbel traten wieder deutlicher hervor, das Sofa vor dem Bücherregal, das Tischchen, das davor auf einem flauschigen Teppich stand, Ingeborgs Sessel, der Esstisch, an dem vier alte Lehnstühle standen, und über der Stirnseite des Tisches hing der große Kalender, noch mit dem Bild des September, die Fotografie eines Mannes, der eine schwarzbunte Kuh über ein Meer ruderte, ein Meer aus silbrig glitzerndem Stoff, die Wellen emporgehoben zu einer langgestreckten Dünung, mitten in sternklarer Nacht, wie ihm schien, er stand da aufrecht neben dem Sessel, wartend, dann ließ er das Gehäuse los, er hatte sich auf Ingeborgs Nähmaschine gestützt.

Beeil dich, rief sie aus der Küche, die drehen schon um.

Als er neben sie an das Küchenfenster trat, zeigte sie auf die Instrumente des Spielmannszuges, in denen sich die Lichter der Laternen und Fackeln spiegelten, goldgelber, im Takt der Schritte hin- und herschwankender Glanz. Der Zugführer hielt den Stab in die Höhe gereckt, vor ihm trug eine uniformierte Frau die Fahne der freiwilligen Feuerwehr. Aber der Spielmannszug, dem ein Haufen schweigender Kinder und Erwachsener folgte, war nicht ganz bis vor Ingeborgs Haus gekommen, er hatte, fast im Stehen marschierend, gewendet und bewegte sich entlang des Dorfteiches zurück ins alte Dorf. Die Musik setzte wieder ein, zuerst die Flöten und Glockenspiele, die mit schrillen, zugleich zittrigen Tönen die Melodie eines Laternenliedes anstimmten, dann kamen Bläser und Schlagwerk hinzu, und die Fransen der Wimpel auf den Spitzen der Glockenspiele tanzten wie glattes Haar hin und her, die flackernden Sonnen, Monde und Sterne schaukelten an den Stäben der Laternen. Ein Kind und eine Frau, die eine erloschene Laterne in der Hand hielt, blieben zurück, das Kind schien zu weinen, sie standen beim Uferschilf, dessen Kolben sich dunkel abhoben vom Wasser des Dorfteiches, von den Resten des bleichen Lichtes, das sich darin gehalten hatte, und das hinüberschimmerte zu Ingeborg und Paul, die sich weit aus dem geöffneten Küchenfenster gebeugt hatten, um dem Umzug hinterherzuschauen, so als hätten sie noch nicht genug von ihm gesehen und als hofften sie, dass er umkehrte. Paul war vorsichtiger als Ingeborg, die sich immer weiter hinauslehnte, sie hatte ihre Ärmel aufgekrempelt und die obersten Knöpfe ihrer Bluse geöffnet, sie roch nach Schweiß. Für einen Moment sah sie zu ihm zurück, vorwurfsvoll, und lenkte seinen Blick wieder nach draußen, sie sahen, wie das Kind und die Frau dem Zug hinterhereilten, der beim hell erleuchteten Dorfkrug zwischen den Häusern verschwand und ihnen einen Trommelwirbel hinterließ, und eine Fanfare. Pass bloß auf, dass du nicht rausfällst, sagte er, ich kann dich nämlich nicht retten. Ein Militärmarsch setzte ein. So, sagte sie, raus aus der Küche.

Beim Teetrinken saßen sie nebeneinander auf dem Sofa, sie saßen im Dunkeln. Ab und zu strich ein Luftzug herein, beiläufig, und erstarb. Da schüttelte er den Kopf und wischte mit der Hand durch die Luft. Diese Viecher, sagte er, schon den ganzen Tag sind sie hinter mir her. Er horchte. Sie setzte ihre Teetasse ab, der kleine Löffel klingelte leise, dann horchte auch sie. Es war jetzt ganz still, nur die Kronen der Tannen schienen noch leicht zu erzittern, wie berührt vom letzten Rest eines Luftzuges, der sich durch die Zweige zurückzog, in die Finsternis zwischen den Stämmen, hin zum Hügel mit dem Findling.

Schon vorbei, sagte er. Sie nahm ihre Tasse wieder und trank den Tee aus.

Jetzt schreibst du mir hier mal was drauf, sagte sie, nachdem sie eine Weile ohne zu reden dagesessen hatten, sie knipste die Stehlampe an, reichte ihm einen Filzstift und hielt ihm den Gipsarm hin. Er runzelte die Stirn, schaute sie an, ärgerlich fast, und nahm den Stift. Ohne dass sie hinsah, verewigte er sich auf dem Gips, er gab sich Mühe, auf der unebenen Fläche ordentlich zu schreiben, er drückte fest auf, es fiel ihm schwer, den Stift anzuhalten, wenn eine Abwärtslinie lang genug war. Er brauchte seine Zeit. Mit zittriger Hand hob er ab, berührte aber, ohne dass er es wollte, im nächsten Moment noch einmal den Gips, er hinterließ einen schwachen Punkt. Alles Gute, stand da in schrägen Buchstaben, Paul.

Während sie las, was er geschrieben hatte, trank er in hastigen, kleinen Schlucken seinen Tee, bis er außer Atem geriet. Um Luft zu holen, schaute er, ohne die Tasse abzustellen, in den Garten. Er hörte Flügelschlagen, ein letzter Vogel kreuzte eilig seinen Blick, der gegen die Stämme der Tannen fiel. Danke, sagte sie.

Wie aus einer alten Gewohnheit heraus nahm sie die Hand, mit der er geschrieben hatte, er sah, wie ihre Blicke über die Innenseite wanderten, über die gelbliche, etwas durchscheinende Haut, über das feine Muster der Rillen und Falten, innen sah seine Hand jung aus. Sie legte sie neben sich auf das Polster des Sofas, stand auf, ging zur Nähmaschine und nahm einen Stapel Spielkarten aus der kleinen Schublade unter dem Nähtisch, an der Wand dahinter erkannte er ein paar alte Fotografien.

Sie kehrte mit den Karten zum Sofa zurück. Wie war das noch, fragte sie, erinnerst du dich? Er antwortete nicht. Nimm ab, sagte sie, dann sehen wir weiter. Sie nahm seine Hand wieder und legte sie auf den Stapel. Vorsichtig, doch rasch, stellte er seine Teetasse, die er die ganze Zeit in der anderen Hand gehalten hatte, hin, an den Rand der kleinen Vertiefung in der Mitte der Untertasse. Er lehnte sich zurück. Das Licht im Stövchen erlosch, die Biene, die auf den Henkel seiner Teetasse gemalt war, beruhigte sich. Die mondlose Nacht begann. Und vielleicht war es das letzte Mal im Jahr, dass am Himmel ein Wetterleuchten aufflackerte. Er schüttelte den Kopf. Du kannst sagen, was du willst, sagte er.

Ein wenig später trug sie den Fisch auf. Er hatte die Stehlampe wieder angeknipst, auch zum Essen blieben sie auf dem Sofa sitzen, den Teller mit dem Fisch, den Pilzen und dem Reis auf dem Schoß. Schmeckt gut, sagte er, aber Pilze soll man doch nicht mehr essen. Sie zuckte mit den Schultern. Hast du das etwa alles in deinem Dampfkochtopf gemacht, fragte er. Sie lachte. Tu doch nicht so, als wüsstest du es nicht besser, sagte sie, den Fisch habe ich aus der Tiefkühltruhe und die Pilze aus der Dose, und ab in die Pfanne. Hätte ja sein können, sagte er, als ginge ihn die Sache bereits nichts mehr an. Nein, sagte sie, hätte es nicht.

Sie sah ihm beim Essen zu. Willst du gar nicht essen, fragte er mit vollem Mund, er kaute auf einer Gräte, die er nicht einfach hinunterschlucken wollte, und als auch Ingeborg sich endlich ihrem Essen zuwandte, fuhr er sich mit dem Finger durch den Mund. Aber er fand die Gräte nicht, seine Zunge fühlte sich an wie ein Wulst, der seinen Fingern im Weg lag. Er kaute weiter, aber immer noch steckte ihm etwas zwischen den Zähnen, und vorsichtig schaute er zu Ingeborg. Sie befreite gerade ihren Fisch von den Gräten, es gelang ihr tadellos. Er versuchte es ihr nachzumachen. Vorsichtig schnitt er an der Gräte entlang und drückte mit dem Messer gegen das Fleisch, aber es hing fest. Er drückte kräftiger, und plötzlich hatte er ein Stück über den Tellerrand hinaus in seinen Schoß geschoben. Wieder warf er einen verstohlenen Blick auf Ingeborg, die, während sie mit schnellen Bewegungen kaute, so tat, als schaute sie durch die geöffneten Terrassentüren in den Garten, und er nahm die Finger zu Hilfe und legte das Fischstück zurück auf den Teller.

Du sitzt mir im Licht, sagte er, während er seinen Fisch vorsichtig weiterbearbeitete, ich sehe gar nicht, was ich esse. Dann mach doch mal deine Lampe da oben an, entgegnete sie spöttisch und deutete mit ihrer Gabel auf seinen Kopf. Sie nahm ihm den Teller ab und löste den Rest seines Fisches von den Gräten. So, sagte sie und legte die Gräten auf ihren Teller, ich kann es nicht leiden, du und deine Essmanieren. Gibt es Fleisch, muss ich es dir klein schneiden, gibt es Nudeln, können sie nicht kurz genug sein, bald muss ich dich wohl auch noch füttern, was?! Er schwieg beleidigt und aß, er schaute sie nicht mehr an. Und so zu tun, als ob ich es nicht sehe, gelingt mir nicht, fügte sie hinzu.

Als er aufgegessen hatte, stellte er seinen leeren Teller auf den Wohnzimmertisch. Fertig, sagte er und streckte sich aus, er stieß mit einem Fuß gegen das Tischbein. Auf einmal hatte der Tisch Schlagseite. Er musste ihn gerade rücken. Aber der Tisch ließ sich nicht gerade rücken. Hat der schon vorher gewackelt, fragte er, ohne sie anzuschauen. Er beugte sich hinunter, konnte aber nicht erkennen, was die Wackelei verursachte, und ob ein Bein kürzer war als die anderen drei, sie alle versanken im Teppich. Also, was ist, sagte er und kam mit rotem Kopf wieder hoch. Sie aß noch. Wortlos zog sie ein Papiertaschentuch aus dem Ärmel ihrer Bluse und reichte es ihm. Es stört mich eben, sagte er ärgerlich und beugte sich wieder hinunter.

Mitten in seinen Bemühungen, die Wackelei zu beheben, fing Ingeborg an zu husten. Er zuckte zusammen, fuhr, um nach dem Rechten zu sehen, zurück, und stieß sich den Kopf an der Tischkante. Für kurze Zeit sah er nicht richtig, blitzartige Linien und Punkte schossen durch seinen Blick, und Ingeborg hustete immer heftiger, das, was ihr im Hals steckte, musste groß sein, es musste quer liegen wie die Gräten auf ihrem Teller. Sein Blick beruhigte sich. Sie war rot angelaufen und hatte ihre Zunge herausgestreckt, spitz und steif, es schien sie zu erleichtern. Aber sie hörte nicht auf, sich zu räuspern, und plötzlich schnürte ihr das, was quer lag, dieser Knoten, der jetzt immer größer wurde, mit umso entsetzlicherer Macht die Kehle zu, etwas schien von innen her an ihrer herausgestreckten Zunge zu ziehen. Er schlug ihr auf den Rücken. Eine Gräte, fragte er, das passiert doch sonst nur mir. Sie reagierte nicht, er konnte nichts machen. Ein gefährliches Blau zog in ihrem Gesicht auf. Hör mal, sagte er, soll ich – sie schüttelte den Kopf. Höflich schaute er weg, er sah in den Garten.

Warte mal, sagte er, als ihr Husten nachließ, ich sehe was, was du nicht siehst. Er machte eine Bewegung mit der Hand, als zaubere er. Dann zeigte er durch die geöffneten Terrassentüren in die Dunkelheit des Gartens. Da, schau mal, sagte er, und da, das Wetterleuchten. Und wo immer sein Finger auch hindeutete, flackerte ein Licht am Himmel auf über den Kronen der Tannen.

Der Junge schreibt mir fast jede Woche einen Brief, sagte er in ihr Schweigen hinein, mit all seinen Gedanken, seitenlang. Er verstummte, schaute wieder auf seine Hände, als denke er nach, und begann, mit dem Zeigefinger ziellos über die Innenseite der einen zu streichen. Eine Weile tat er das. Dann hob er den Kopf, fast jede Woche, wiederholte er, als hätte er sonst nichts zu tun. Er sah Ingeborg an, aber sie rührte sich nicht, sie starrte in den Himmel zwischen den Tannenzweigen und wartete das Wetterleuchten ab, mit verlorenem Blick, als habe sie bereits vergessen, was sie da tat, und ebenso verloren lagen plötzlich seine Hände auf seinem Schoß, die Innenseiten ihm zugewandt. Neulich hat er von unterwegs geschrieben, sagte er, die haben nachts in einem Bahnhof gestanden und gewartet, und er hat die Züge gehört, die Güterzüge, sagte er und schüttelte den Kopf, er schloss für einen Moment die Augen.

Er mochte dich doch immer, setzte er dann hinzu, er sah, dass das Wetterleuchten jetzt häufiger aufflackerte. Langsam wandte sie ihren Blick davon ab, schaute Paul an, und während sie die rechte Hand, die aus dem Gips ragte, hob, um sein Gesicht zu berühren, tat sie es nicht ohne einen weiteren Blick aus dem Fenster. Für einen Moment sah er ihr aufgedunsenes Gesicht von der Seite, dicht vor sich, eine Schönheit blitzte darin auf, dann nahm ihm ihre Hand die Sicht, und zaghaft schob er seine Hände zu ihrer hinauf, über die unebene Oberfläche des Gipses, dem ein muffiger Geruch anhaftete.

Er hielt den Atem an. Sie strich jetzt auch mit der linken Hand über sein Gesicht, und er versuchte sich zu befreien, doch ihre schlanken, kräftigen Finger, die kannten, was sie berührten, und davon, ohne grob zu werden, nicht abließen, waren trotz allem stärker, manchmal sogar schienen sie sein Gesicht wegschieben zu wollen, mit einer eigentümlichen Zärtlichkeit. Und auch wenn er sich jetzt selbst auf ein Streicheln verlegte, konnte er die Macht ihres Zugriffes nicht überwinden, er sah nichts, er konnte nichts sagen, er war so dicht bei ihr, dass es ihm unmöglich vorkam, etwas anderes zu hören als den aneinander reibenden Stoff ihrer Bluse und ihren Atem, und darin das vom Husten übrig gebliebene Pfeifen.

Dann sprach sie von einer Landschaft, von einem Moor, einer Gans, einem Essigbaum, im Hintergrund ein rot verklinkertes Haus, überzogen von Flechten und Moos. Er wollte etwas dazu sagen, brachte unter ihren Händen aber kein Wort heraus. Früher hat er mir auch manchmal geschrieben, sagte sie, nur ein paar Zeilen, aber die waren schön.

Ja, murmelte er, als ihre Hände endlich zurückwichen, Verlegenheit hatte sich auf seinem Gesicht breit gemacht. Lebt er eigentlich noch in Berlin, fragte sie. Er antwortete nicht, er sah, dass der schwarze Kater auf der Terrasse saß und in das seitliche Gebüsch starrte, als habe er schon lange dort gesessen und gewartet, die Spitze seines Schwanzes zuckte unruhig hin und her. Der Junge hat Angst, sagte Paul plötzlich. Sie sah ihn verwundert an. Du – nein, unterbrach er sie, und seine Hand fuhr mit einer zackigen Bewegung waagerecht durch die Luft. Dann klopfte er mit derselben Hand behutsam auf ihren gesunden Arm, auch er schaute sie nun an, in seinen geröteten, etwas wässrigen Augen die Erwartung, dass sie sich denken konnte, was er jetzt sah.

Sie schwiegen wieder, setzten sich aufrechter hin, legten ihre Hände auf die Armlehnen des Sofas und schauten durch die geöffneten Terrassentüren hinaus. Hörst du schon den Donner, fragte er, als ihn ein paar Blitze aus seinem Versinken rissen, aber sie musste erneut sein Gesicht berühren, fasste es am Kinn, schüttelte es ein wenig – hast du verstanden, fragte er. Was, fragte sie. Ob du ein Bild vom Jungen hast, antwortete er und zeigte auf die alten Fotografien, die über der Nähmaschine an der Wand hingen, sieh mal nach. Sie ließ ihn los und stand auf. Ach nein, sagte sie und ging zu einem Lichtschalter neben den Terrassenfenstern, ich habe etwas Besseres für dich, mach die Stehlampe aus.

Oh, sagte er, als er die Lampe ausgeknipst hatte, und sie kehrte zurück, setzte sich und legte die Hände in den Schoß. Unter den Tannen brannte in einer Steinlaterne warmes, gelbes Licht, das nur die nächste Umgebung erhellte, ein paar kahle, dicht beieinander stehende Stämme, hinter denen sich die Dunkelheit zu einer jetzt undurchdringlichen Finsternis schloß.

Während sie ihren Wein trank, versank er in den Kissen des Sofas, er konnte seine Augen kaum noch offen halten. Der Kater war verschwunden. Das Wetterleuchten ließ nach, nur der dünne, weißliche Schimmer, der anfangs auf den Tannen und auf dem Rasen gelegen hatte, war stärker geworden, wie Reif bedeckte er jetzt Blätter und Zweige, das gelbe Licht der Steinlaterne schien matter zu brennen. Mit einem Mal aber strahlte, von einem Plätschern begleitet, vor einem Gebüsch hinter dem Zaun zum Nachbarn ein neues Licht empor, wässrige Lichtflecken spielten auf den Unterseiten der Blätter, eine Pumpe surrte.

Ingeborg strich ihr Haar hinter die Ohren. Der Wind, der sich eine Weile zurückgezogen hatte, kam wieder herein, bewegte die Vorhänge an den Seiten der Fensterfront, eine gegen die Bücher gelehnte Postkarte fiel vom Regal hinter dem Sofa. Dieser Brunnen, seufzte Ingeborg in die Stille nach dem Fall der Karte, ich kann ihn nicht ausstehen, der plätschert jeden Abend, zur Besinnung, wie mein Nachbar sagt.

Der hat übrigens neulich behauptet, dass die Tannen ihm das Licht wegnehmen, fuhr sie fort, ich solle sie fällen, sonst geschehe etwas, was ich nicht wolle. Er hat mir also gedroht, fügte sie wie zu sich selbst sprechend hinzu, und Paul schloss die Augen, auch seinen Freunden ist es hier angeblich zu dunkel – nein, seinen Kameraden, so hat er sie genannt, die versammeln sich manchmal bei ihm und singen Lieder, und ich soll daran schuld sein, dass sie irgendwann wegen der Tannen fortbleiben. Ganz normale Leute sind das, wenn sie aus ihren Autos steigen, aber kaum fällt die Haustür hinter ihnen zu, dann – sie unterbrach sich und berührte seine Hand, die zwischen ihnen auf dem Sofa lag, ich rede dir zu viel, sagte sie. Er zuckte zusammen. Es war mühselig, durch die Kruste des Schlafs etwas Deutliches von Ingeborg zu sehen, er bemerkte aber, dass sie an ihm vorbei zum Garten hin sprach. Stimmt doch, oder, fragte sie, sie griff nach seinem Arm und schüttelte ihn, wie abwesend, als wäre er leblos. Warte, murmelte er und setzte sich mühsam auf, mein Gott, so warte doch, was meinst du, der Nachbar? Und dann kommt diese Angst, sagte sie, dann kann man einfach nicht mehr aufstehen und aufmachen, wenn es an der Haustür klingelt.

Du kannst gehen, wann du willst, sagte sie. Ich wollte schon längst weg sein, antwortete er schläfrig. Wortlos stand sie auf und versuchte, das Gleichgewicht zu halten. Dann nahm sie die Teller und das Teegeschirr vom Sofatisch. Der Stapel wackelte. Sie schwankte hinaus, eine Gabel fiel zu Boden. Er erschrak. Lass, sagte sie. Im Flur blieb sie stehen, stellte sich vor den Spiegel und balancierte das Geschirr auf dem Gips, es schien ihr leicht zu fallen, sie sah stolz aus. Auf einmal aber warf sie das Geschirr hin, es zerbrach, doch das interessierte sie nicht. Sie massierte die Tränensäcke unter ihren Augen. Bleib sitzen, rief sie, ich räume die Scherben schon weg, wenn du nur sitzen bleibst und mir nicht im Weg bist.

Seine Augenlider senkten sich herab, aufrecht saß er da auf dem Sofa, der Brunnen plätscherte immer noch vor sich hin. Er spürte, dass sich das Surren der Pumpe als kaum merkliches Zittern über seinen Körper ausbreitete, es kitzelte ihn. Zwischendurch seufzte er. Sie sah ihn an. Den kennst du doch, sagte sie, seine Frau hatte ein steifes Bein.

Als er aufwachte, war Ingeborg tief in das Sofa gerutscht und schlief, sie hatte die Füße auf den kleinen Tisch gelegt, vor dem ihre roten, über dem Spann aufgeplatzten Pantoffeln standen. Er setzte sich auf, nahm seine Hand, die die ganze Zeit auf ihrer geruht hatte, und legte sie sich in den Schoß. Es dauerte aber nicht lange, bis er sie erneut nahm, auf die Sofalehne legte, aber auch dort nur kurz liegen ließ und sie stattdessen mit seiner anderen Hand faltete. Zuletzt verschränkte er die Arme, fand so Halt und glitt hinüber in den Schlaf, sein Kopf sank ihm langsam auf die Brust. Kaum war dieser, wie losgelassen, ganz heruntergesackt, schreckte Paul auf, wischte seine Hand an der Hose ab und tastete nach Ingeborgs Hand, aber sie war fort, sie hatte sie im Schlaf zu sich gezogen, nur die Stelle, an der sie gelegen hatte, war noch warm. Wieder verschränkte er die Arme. Er hielt sich so, gegen das Sinken seines Kopfes. Er begann mit den Beinen zu wackeln. Ich gehe jetzt, sagte er, ich habe es versprochen.

Lach mal wie früher, sagte sie und knipste die Stehlampe an, sie lallte ein bisschen. Er wollte etwas antworten, aber ein Gähnen hinderte ihn daran. Ach lass, sagte sie, schlaf lieber erst aus, bevor du es machst. Er fuhr mit der Hand über sein Gesicht, rieb sich die Augen, er lag eher auf dem Sofa, als dass er darauf saß. Schweigend schaute er in den Garten. Der weißliche Schimmer war verschwunden, ebenso das vom Wasser gespiegelte Licht am Gebüsch hinter dem Zaun, auch das Plätschern hörte er nicht mehr, die Luft roch, als habe es geregnet. Aus den Augenwinkeln sah er eine Bewegung, Ingeborgs Spiegelbild erschien in der Fensterscheibe, sie war aufgestanden und ging zum Lichtschalter der Steinlaterne. Der gelbe Schein erlosch. Wie aus dem Nichts, sagte er plötzlich und warf, bevor Ingeborg die Terrassentüren zuschob, einen letzten Blick in die Dunkelheit der Tannen. Aha, erwiderte sie, aber nun mach schon.

Dann muss ich wohl, sagte er und drückte sich an der Armlehne des Sofas hoch. Im Stehen stopfte er sein Hemd in die Hose und zog den Pullover glatt. Ich habe nicht geschlafen, sagte er, ich habe nachgedacht. Sie schwieg, und auch er sagte nichts mehr, sie lauschten seinen letzten Worten nach, in der Stille des sich erwärmenden Wohnzimmers, etwas knackte, draußen flackerte das Wetterleuchten noch einmal auf. Er stand aufrecht da, bereit zu gehen, und schaute ihr in die Augen, sein Blick war treu und vorwurfsvoll zugleich. Daraus platzte sein Lachen, er presste die Augen zu Schlitzen zusammen, beugte sich vor, schüttelte sich, mit aufgerissenem Mund, aus dem, als sei er zu voll, etwas hervorquellen wollte, aber nur Speichel erschien, bereit, auf den Boden zu tropfen, eine Träne rann Pauls Wange hinunter. Dann winkte er ab, grinste, wie über einen unanständigen Witz, führte die Hand zu seinem hochroten Kopf und fächelte sich Luft zu, Schweiß war ihm auf die Stirn getreten, das Lachen verebbte, seine Hand erschlaffte, hing auf einmal herunter in seltsamer Beiläufigkeit, er seufzte – doch nur, um erneut die Gewalt über sich zu verlieren, er gab vor, sich zu verschlucken, musste husten und sich den Bauch halten vor Lachen, ich mach mich auf den Weg, sagte er und wischte die Tränen ab.

Lächelnd sah Ingeborg ihm zu. Ist doch lustig, sagte er.

Im Gehen knöpfte er seinen Mantel zu, reichte ihr kurz, als sei sein Abschied völlig bedeutungslos, die Hand und machte sich auf ins Dunkle, der schwarze Kater kam zurück ins Haus. Sie sah Paul nach, der vorsichtig die steilen Stufen der Treppe hinunterstieg.

Im Wohnzimmer hatte er sich mit einem Ruck vom Sofa losgemacht, ohne Eile, nur mit Bestimmtheit, er hatte einen letzten Blick aus dem Fenster geworfen und den gelblichen Widerschein der Stadt an der aufgezogenen Bewölkung gesehen, die Spitzen der Tannen hoben sich davon ab. Er hatte Ingeborg, ein wenig unbeholfen, einen Kuss auf die Stirn gedrückt, hatte ihren Atem gerochen und für einen Augenblick erneut innegehalten, sie drehte den Kopf weg. Trink nicht so viel, waren seine letzten Worte, bevor er das Wohnzimmer verließ. Er war, ohne eine Antwort abzuwarten, in den Flur getreten und vom Flur auf die Treppe, die hinunterführte zur Haustür. Wo ist mein Hut, hatte er sie unten gefragt, ich hatte doch etwas in den Händen, als ich zu dir kam, er merkte nicht, dass sie gar nicht mit heruntergekommen war. Ingeborg, fragte er, bist du noch da oben? Aber sie antwortete nicht, der Hut fehlte, und es war sinnlos, noch länger danach zu suchen, er hatte seinen Mantel vom Garderobenständer gezogen. Auf einmal aber war die Haustür aufgegangen, und Ingeborg stand da, sie hatte den Weg durch den Garten genommen. Du hast wohl keinen aufgehabt, sagte sie, aber wenn du darauf bestehst, ich werde nochmal nachsehen. Sie hatte mit dem Rücken zur Straße dagestanden und ihren Körper an den Türrahmen gelehnt, und er sah ihre Gestalt gegen das Licht der Straßenlaterne, riesenhaft, dunkel. Sie trug wieder ihre Schürze. Beeil dich, hatte sie gesagt, bevor er gegangen war, das Wetter wird schlecht, oder siehst du einen einzigen Stern.

Sie blickte ihm nach, zügig entfernte er sich in die Dunkelheit, in Richtung des Dorfkrugs, und er sagte, gib Bescheid, wenn du den Hut findest. Jaja, antwortete sie. Sie konnte ihn kaum noch erkennen, das Licht der Straßenlaterne reichte nicht weit, komm gut nach Hause, rief sie. Sie schwankte. Ihr Gipsarm baumelte wie etwas Loses neben ihr, und sie nahm ihn und verschränkte die Arme vor der Brust. Paul war verschwunden.

VII

Als er das alte Dorf hinter sich gelassen hatte, ging er langsamer, er schlug plötzlich mit der Hand durch die Luft und blieb stehen, verdammt, sagte er und horchte. Der Kriegslärm des Tages hatte mit Einbrechen der Dunkelheit aufgehört, hin und wieder drang das ruhige Grollen eines Flugzeuges durch die geschlossene Wolkendecke. Es waren kaum Fahrzeuge unterwegs. Auf der großen Baustelle flutete noch das Licht riesiger Scheinwerfer über die Rohbauten, Gruben und Straßenanlagen, und der Richtkranz warf einen riesenhaften Schatten, der sich ein wenig bewegte.

Was ihn jetzt erneut anflog, kam von daher, etwas Spitzes und Kleines, das um sein rechtes Ohr schwirrte, um Einlass zu finden, aber er ließ es nicht, schlug danach, er vertrieb es für eine Weile. Nach ein paar Metern Fußweg, als er die Senke zum Löschteich hinunterging, stieß es ein drittes

Mal zu, jetzt mit dem hohen, schrillen Ton eines Angreifers, dem er sich entgegenstellen musste, und mit Gewalt fasste er in die Luft, öffnete die Hand wieder, hatte nichts. Auch der Versuch, das, was ihn bedrängte, mit der Hand an den Kopf zu drücken und dort zu zerquetschen, misslang. Für einen Augenblick jedoch ging er befriedigt, wenn auch betäubt vom eigenen Schlag, weiter, dann, als er das restliche Sausen aus dem Kopf geschüttelt hatte, war der Angreifer zurück, aber nicht allein, er löste sich jetzt mit anderen Angreifern ab, in immer schnelleren Wellen des Angriffs, geschickt wichen sie jedem Gegenschlag aus. Zuletzt floh Paul, er rannte auf die Straße, wo ihn ein Auto, das er nicht gesehen hatte, fast überfuhr, er blieb auf dem Mittelstreifen stehen, schwer atmend.

Auf der anderen Straßenseite war er sie los. Um Luft zu holen, blieb er stehen, er verharrte einen Augenblick lang in einer Einfahrt und lauschte. Er war nicht allein. Etwas oberhalb von ihm, am Ende der Einfahrt, stand ein Auto, in dem ein Wachmann saß und ihn beobachtete, er musste alles gesehen haben, seinen Kampf, seine Unvorsichtigkeit und wie er auf dem Mittelstreifen geschwankt hatte, er zog die Autotür zu, die ein wenig geöffnet gewesen war, vielleicht hatte er aussteigen wollen, um ihm über die Straße zu helfen. Über den Rand einer aufgeschlagenen Zeitung hinweg verfolgte er nun seinen Aufbruch, mattes Innenlicht schien auf sein Gesicht, das bleich war, er nickte herüber. Paul aber ging grußlos vorbei, der Wachmann schaute ihm nach.

Gegenüber der Baustelleneinfahrt holten die Angreifer Paul wieder ein, sie flogen jetzt das andere Ohr an und belagerten es, und obwohl er schon auf dem Weg von Ingeborg bis hinter das alte Dorf sein Äußerstes gegeben hatte, musste er seinen Schritt erneut beschleunigen, seine Augen traten hervor, jetzt fuchtelte, jetzt schlug er wieder, doch seine Eile litt, etwas hielt ihn zurück. Er musste stehen bleiben, horchte, ob er seine Verfolger abgeschüttelt hatte, sah vor sich auf dem Bürgersteig die Kreidezeichnungen, die ihm schon am Nachmittag aufgefallen waren, sein von Schweißperlen überzogenes Gesicht glänzte gelblich und blass unter einer Straßenlampe. Er hob den Kopf und schaute ins Licht.

Danke, mir geht es gut, und selbst, fragte er den Mann, der unter einer anderen Straßenlampe stand und ihn mit ausgestrecktem Zeigefinger betrachtete, so als zeichnete er Pauls Umrisse in die Luft nach; hinter dem Finger schwankte ein großer, weißhaariger Kopf auf einem dünnen Hals, der Mann hatte abstehende Ohren und ein silbriges Gesicht, und seine Augenbrauen waren so buschig, dass sie einen Schatten über das Silber warfen. Er gab keine Antwort, er musste sich am Lampenpfahl festhalten. Dann gute Nacht, sagte Paul, kommen Sie gut heim, und passen Sie auf, die Autos fahren nachts schneller. Einen Moment, sagte der Mann und brachte ein Lächeln hervor, das zu einem anderen Gesicht gehörte, Sie sollen noch Ihre Antwort bekommen, hören Sie zu. Summend suchte er einen Ton und fing an, ihm ein Kirchenlied zu singen, einen Choral zum Lob Gottes, er stockte aber gleich wieder, suchte, indem er weitersummte, nach Worten, nur hier und da blitzte noch etwas auf, eine Zeile sogar, ein großer Friede wurde verkündet. Er hob zur zweiten Strophe an, doch die Wörter waren endgültig verstummt, allein die Melodie konnte er noch halten, sie klang zittrig, bald drohte sie zu versiegen. Dann flackerten wieder einige Worte auf, eine Bitte um Erlösung, der Mann wurde leiser, als dämmerte in ihm ein Vergessen heran, und bevor das Lied ganz erstarb, brach er es einfach ab, mitten im Schlussteil, mühsam an den Lampenpfahl gelehnt.

Das haben wir eben noch in der Bibelstunde mit den Nachbarn gesungen, sagte er, aber jetzt ist es mir entfallen, verzeihen Sie bitte. Sie sehen, mir geht es den Umständen entsprechend, nicht besser als Ihnen, wie mir scheint, Herr – er zögerte. Sie heißen Paul, nicht wahr, ja sicher, Paul, unser Paul. Kennen wir uns, fragte Paul. Nicht wahr, triumphierte der Mann, Sie sind auch nochmal allein hinausgegangen, um Luft zu schnappen, Sie wissen ja, wie stickig es im Versammlungssaal ist – aber wie da gesungen wurde! Mein Freund Butenschön war ausgezeichnet heute, und der Pastor erst. Und jetzt habe ich Luft geschnappt, ganz genau wie Sie, und gehe heim. Passen Sie bloß auf, sagte Paul, es ist sehr dunkel, wenn Sie wollen, begleite ich Sie nach Hause. Sie wollten doch schon längst einmal zu mir kommen, sagte der Mann in einem weinerlichen Ton, aber Sie gehen immer vorbei. Außerdem kann ich das alleine, es ist ja nicht weit. Er wedelte mit der Hand in Richtung des alten Dorfes, begann den Choral wieder vor sich hin zu trällern, riss sich vom Lampenpfahl los und wankte auf Paul zu. Schauen Sie nur, wie ich alleine gehen kann und auf den Bus warte, rief er plötzlich, wo ist er denn, kommt er dahinten? Taumelnd drehte er sich um, hielt, indem er die Hand an die Stirn legte, Ausschau und entfernte sich, ohne Abschied, ohne Halt. Da schrie er über die Schulter zurück, schauen Sie mir auch zu, ich warne Sie! Wie ein Blitz schoss er herum. Jetzt sind Sie dran, ich will sehen, dass auch Sie alleine gehen können.

Paul rührte sich nicht, der Bus ließ auf sich warten, nur das Knattern eines Motorrads schallte jetzt durch die Dunkelheit, ein Lärm, der sich, aufgehalten von seinem Echo, nur langsam verlor. Sagen Sie bloß, dass Sie vergessen haben, wie das geht, rief der Mann, nur zu, fackeln Sie nicht lange, los, marschieren Sie! Er wartete einen Moment, kehrte dann langsam zurück, er sah unzufrieden aus, seine dichten Augenbrauen hatten sich zusammengezogen. Oder soll ich Ihnen Beine machen? Er baute sich vor Paul auf. Wissen Sie eigentlich, was anständige Götter sind, schrie er plötzlich und verzog das Gesicht zu einer Grimasse, dass seine silbrige Haut Risse bekam, die mit den Hängebrüsten etwa? Er lachte schallend. Nein, schrie er, nein, nein, nein, niemand weiß, was anständige Götter sind, auch Sie nicht, schauen Sie sich doch nur an!

Der Mann lehnte sich wieder an die Straßenlampe und holte Atem, Speichel hatte sich in seinen Mundwinkeln gestaut. Wie angewurzelt stand Paul da. Warum tun Sie denn nichts, fragte der Mann, verdammt nochmal, habe ich mich unklar ausgedrückt? Sehen Sie, sagte er plötzlich mit sanfter Stimme, das kenne ich schon. Die Leute haben Angst vor mir, weil ich ihnen immer das gleiche Lied singe, das geht in mich rein und kommt jedes Mal genauso wieder raus. Ja, schrie er erneut, so heftig, dass ihm das Silber aus dem Gesicht sprang, die alten Sachen, die schönen alten Sachen, ich horche mich ab, ich sag zu mir, sag mal a, sag mal o, und was sing ich, immer wieder die alten Sachen! Schämen Sie sich denn nicht, schrie er Paul an, ich sehe es Ihnen doch an, Sie kennen anständige Götter, nicht wahr, all das schnöde Neue, wie der Professor sagt, diese Höhen, die Sie jeden Tag suchen, Sie haben da gewaltigen Dreck unter den Stiefeln, wissen Sie, sagte er mit drohender Stimme.

Paul hörte, wie ein Motor angelassen wurde, dann fuhr ein Auto los, jenes, in dem der Wachmann saß, mit quietschenden Reifen bog es auf die Hauptstraße ein, und als sich die Rücklichter in Richtung des alten Dorfes entfernten, sah er die Scheinwerfer über der großen Baustelle erlöschen, der Abendhimmel war jetzt von einem makellos dunklem Grau. Man hat Sie durchschaut, fuhr der Mann erneut auf und ließ seinen Zeigefinger energisch über dem Kopf kreisen, Sie – er brach plötzlich ab, fuhr mit der Zunge im Mund herum und machte ein überraschtes Gesicht. Jetzt habe ich vergessen, was ich sagen wollte, sagte er matt, sehen Sie, das kommt davon. Er verschränkte die Arme vor der Brust, presste die Lippen zusammen, beleidigt fast, als habe er sich vorgenommen, fortan zu schweigen. Eine Weile hielt er so durch. Dann aber begann er vor sich hin zu nicken, immer heftiger, wie in einem Selbstgespräch, er zog die Augenbrauen hoch. Nicht wahr, fuhr er eilig und etwas missmutig fort, Sie wollen wissen, wer ich bin, aber das ist lange her, Schaffner war ich, Buchhalter, Hilfsarbeiter, Taubenzüchter und immer so weiter.

Er machte eine Pause, kicherte auf einmal und schaute sich um. Wissen Sie noch, raunte er, und er konnte ein leichtes Prusten nicht unterdrücken, wie der Professor einmal gesagt hat, dass die, die an Gott glauben, seine Freunde sind. Und was hat ihm da mein Freund Butenschön geantwortet? Dass er nicht sein Freund ist, obwohl er an denselben Gott glaubt! Der Mann brach in schallendes Gelächter aus. Nein, nein, nein, schrie er, ist das komisch, Butenschön muss der Freund des Professors sein, ob er will oder nicht! – Jahrelang haben Sie und ich beim Pastor gesessen, fuhr er plötzlich in einem Ton fort, als spräche er vor einer größeren

Runde, ist zwar schon länger her – aber ich bitte Sie! Er sah Paul tadelnd an. Der alte Herr, sagte er, stockte, fuhr sich mit der Zunge über die Lippen und begann von neuem, Ernst Kobold bin ich, der ist zwar leicht und vergesslich, aber der kann jedem tief in die Augen schauen, na, kommen Sie, lassen Sie mal sehen. Langsam näherte er sich Paul, bis dieser seinen heißen, fruchtigen Atem roch. Und was halten Sie von Göttern mit Hängebrüsten, fragte er in vertraulichem Ton und grinste, eine Hand auf Pauls Schulter gestützt, sagen Sie es mir, ich sehe es Ihnen an, Sie wollen es doch.

Aber Paul schwieg. Der Mann schaute jetzt mit einem väterlichen Ausdruck im Gesicht auf ihn herab, zugleich bereit, jederzeit von ihm abzulassen und, als sei nichts gewesen, weiterzugehen oder auf den Bus zu warten. Als er aber wieder den Choral anstimmte, wurde Paul unruhig, er heftete seinen Blick auf den Mund vor ihm, als hätten seine Augen ihn schon einmal gesehen, die etwas vorgestreckte Unterlippe, die Sprünge darauf, diese kleine Rinne in der Mitte, in der sich Speichel sammelte, und die Töne, die der Mann sang, klangen, in kleine Spritzer verwandelt, mit seinem silbrigen Atem darüber hinweg. Doch plötzlich begann auch er zu horchen, er lauschte seinem eigenen Gesang nach, mit offenem Mund. Paul hob die Augenbrauen. Das Schweigen und Warten, das jetzt zwischen ihnen einsetzte, schien dauerhafter zu sein, der Mann verharrte mit geöffnetem, langsam ein wenig erschlaffendem Mund, den starren Blick auf die Kreidezeichnungen, die sich über den Bürgersteig erstreckten, gerichtet, bis sich ein Speichelfaden von seiner Lippe losmachte und sie gemeinsam verfolgten, wie er mit einem leisen Spritzlaut den Boden erreichte. Ihr Name sagt mir nichts, sagte Paul, und der Mann musste sich an sein Ohr neigen und ihm eine letzte, vom Himmel gefallene Zeile eines Liedes hineinflüstern, der Wind, der Wind, hauchte er mit zittriger Stimme, das himmlische Kind, sein Atem kitzelte Paul am Ohr. Dann salutierte der Mann und schlug die Hacken zusammen, zu Befehl, sagte er und ging fort.

Paul sah ihm nach, der Mann torkelte die Hauptstraße entlang und bog in die Straße zur Raiffeisenbank ein, vor der er am Nachmittag mit der Frau gesprochen hatte, und verschwand. Was folgte, war eine betäubende Lautlosigkeit, in der sich nichts mehr zu rühren schien, kein Atem, kein Wind, kein Licht, kein Fahrzeug, kein Mensch, oder doch, da war noch etwas Schrilles in der Luft, ein hoher Ton, den Paul hörte, der letzte Nachklang der Unruhe, die der Mann verbreitet hatte, und nur langsam wich sie einer stummen, dunklen Stille. Da aber brach der Mann wieder hervor, und er lachte, aus einem so zutraulichen Gesicht, dass es aussah, als habe er die Maske eines Hundes übergestreift, er kniete da, das Gesäß und die Beine hinter einem Gebüsch an der Straßenecke verborgen, sein Lachen wurde lauter, begann seine Züge zu zerreißen, und plötzlich gefror es zu einem Grinsen.

Er kam auf allen vieren hervor, krabbelte rasch, tat, als wedelte er mit dem Schwanz, hechelnd, jaulend, winselnd, treu, und nur als er sich für einen Moment aufrichtete, um das Silber von der Jacke zu klopfen, erschien wieder ein Vorwurf in seinem Blick. Er fiel zurück auf die Knie, er knurrte jetzt, bellte und fing an zu tanzen, wild und im Kreis, ein schlingernder Reigen allein, ohne abzusetzen, wie anstrengungslos, eine silbrige Spur zeichnete sich hinter ihm ab. Einmal schaute er zu Paul hoch, kam näher, schnupperte an seinem Schuh, jaulte triumphierend auf, als er zurückwich, und verfiel erneut seinem Tanz, immer rasender drehte er sich auf der Stelle, seine Umrisse zerfetzten – da hielt er an. Im nächsten Moment sprang er fest auf, tat, als rammte er sich in die Erde, heftig und tief, und begann mit einem einsamen Geheul, das weit durch die menschenleere Dunkelheit hallte, und er heulte so lange, bis seine Stimme versagte.

Dann jagte er davon, seine jetzt schnurgerade Spur hinterlassend, und verschwand im alten Dorf, begleitet vom heiseren Gebell der Hunde, die die Bauernhöfe bewachten.

Und der Bus tauchte aus der großen Kurve auf, er fuhr langsam und ohne anzuhalten durch die Hauptstraße, bis auf den Fahrer saß niemand darin. Ein paar Blätter wirbelten über den Bürgersteig.

Paul eilte nach Hause, am Knick und am Feld vorbei, vor dem fernen Widerschein der Stadt sah er die Silhouetten der Bäume in der Siedlung, im nächsten Moment schob sich das Holzgerüst mit dem Bauschild davor. Er zögerte, hörte einen Zug durch die Dunkelheit rasen, nahm seinen Laufschritt wieder auf.

In seinem Haus brannte Licht, er sah es vom Flur her durch das Küchenfenster auf die Einfahrt fallen, wo das Laub gefegt worden war, auch der Weg zur Haustür lag frei. Er blieb stehen. Der Abend war windstill und mild, an einigen Stellen schien die Bewölkung wieder dünner zu werden, durch das weiße Licht einer Straßenlampe schwirrte ein

Falter. Ein paar Stimmen drangen durch die Bäume der Gärten heran, kurz darauf hörte er eine Autotür zuschlagen, ein Motor wurde angelassen. Er konnte, als das Auto vorbeifuhr, nicht erkennen, wer darin saß, er grüßte ins Dunkle, da war nur ein von den Armaturen beleuchtetes Kinn, und er, er stand im nächtlichen Schatten der reglos verharrenden Birke des Nachbarn.

Plötzlich ging G. durch den Flur.

VIII

Ich bin spät dran, sagte er vom Flur aus zu G., die jetzt in der Küche stand und das Abendbrot vorbereitete. Er kam herein, drückte ihr einen Kuss auf die Wange, sah, dass sein Kuss einen feuchten Fleck auf ihren Gesichtshärchen hinterlassen hatte, und fuhr mit der Hand darüber hin, gegen den Strich, sie ließ es geschehen. Seine Hand glitt weiter, auf ihren Rücken, strich darüber hinweg, immer wieder, und sie legte den Käse auf einen großen Teller und zog die Einwickelfolie glatt, sie fischte die Senfgurken aus dem Glas, schnitt ein paar Tomaten in Scheiben, streute Petersilie darauf, sie achtete nicht auf ihn.

Als sie den Kühlschrank öffnete, musste er von ihr ablassen, er geriet ins Schwanken. Sie nahm den Aufschnitt heraus, stellte ihn zusammen mit den anderen Speisen auf ein Tablett, das auf dem Küchentisch stand, schob es mit dem Geschirr und dem Besteck in die Durchreiche zum Wohnzimmer und stieß auf diese Weise ihre Türen auf, so heftig, dass sie innen an die Wand schlugen und das Geschirr schepperte, und in diesem Augenblick bemerkte er, dass sie nicht allein waren, eine alte Frau saß im Wohnzimmer am Esstisch, sie starrte auf das weiße Tischtuch, dann waren die Türen der Durchreiche wieder zugeschwungen. He, sagte er leise über die Schulter, das hast du mir ja gar nicht gesagt. Was denn, fragte sie. Dass deine Frau Thiel heute Abend hier ist, antwortete er, wann ist die denn gekommen? Wie immer, sagte G., die hinter ihm darauf wartete, die Senfgurken, die sie auf dem Küchentisch vergessen hatte, auf das Tablett zu stellen. Was heißt hier wie immer, fragte er. Das weißt du doch, antwortete sie, außerdem hast du schon gegessen, nicht wahr? Sie schaute ihn an, er antwortete nicht. Rosemarie hat Hunger, sagte sie dann, lass uns den Tisch decken.

Kopfschüttelnd ging er ins Wohnzimmer, blieb vor der alten Frau am Esstisch stehen und sagte, guten Abend, er reichte ihr die Hand. Sie nahm sie nicht, er musste ihre nehmen, eine Faust, deren Finger nicht aufzufächern waren. Wie geht's, fragte er, jetzt wieder in Bewegung zur Durchreiche, deren Türen er in die Halterungen drückte, bevor er das Tablett mit dem Abendbrot nahm, er setzte es auf dem Tisch ab, ich hoffe, Sie sind noch nicht verhungert. Nein, sagte Frau Thiel, nein, nein.

Er stellte die Speisen auf den Tisch, so als müsse eine Reihenfolge eingehalten werden, erst den Käse, dann Margarine, Tomaten, Senfgurken, Aufschnitt, ein Glas Marmelade, zuletzt verteilte er Geschirr und Besteck. Oh, sagte er, was ist das denn – und blies zwei tote Fliegen von einem Teller. Mit dem Ärmel seines Hemdes rieb er ihn ab, die sind überall, diese Viecher, sagte er zu Frau Thiel und zeigte ihr die Teetasse, in der er eine weitere Fliege entdeckt hatte. Warte, rief er G. durch die Durchreiche zu, spül die Teekanne lieber nochmal aus, bevor du das Wasser aufgießt, die Viecher sind wieder unterwegs.

Die alte Frau Thiel senkte den Kopf und sprach das Gebet so leise, dass niemand etwas verstand, sie murmelten mit ihr, seine Hand strich dabei über das Tischtuch, und als sie fertig gemurmelt hatten, sagte er, ich habe kein Wort verstanden, habt ihr da wieder etwas Neues ausgegraben, dieses moderne Zeug. Aber Frau Thiel fing von vorne an. Kindisch ist das, sagte er vor sich hin, während sie murmelte, so was habe ich ja noch nie gehört, kann sie nicht anständig sprechen, und G. schaute ihn an, ohne

Vorwurf, nur verwundert, obwohl es sie längst nicht mehr zu überraschen schien, dass er keine Geduld besaß, der alten Frau Thiel so lange zuzuhören, bis er sie verstanden hatte.

Wir sollten dieses Getue abschaffen, sagte er, das bringt nichts. Ohne Widerrede saßen die Frauen da. Er griff sich eine Gurke. Ich fange an, sagte er und biss hinein, macht, was ihr wollt. Tatsächlich begann die alte Frau Thiel jetzt ein drittes Mal von vorne, und mitten in ihrem Gebet biss er, ohne die erste Gurke aufgegessen zu haben, in die zweite. Dann, als ihr Gemurmel schon zu verebben begann, sagte er mit vollem Mund, Zeit für die Nachrichten, ich weiß ja gar nicht, was auf der Welt sonst noch passiert.

Aber es ist ja gar kein Brot da, warf er plötzlich ein und schaute G. vorwurfsvoll von der Seite an, du hast das Wichtigste vergessen.

In der Küche schnitt er mit der Brotschneidemaschine eine Scheibe Brot ab. Ist es so dünn genug, fragte er und hielt sie in die geöffnete Durchreiche. Ja, sagte die alte Frau Thiel mit einem Lächeln, oh ja. Sie hatte sich ein wenig bewegt und ihren Blick vom Tisch gehoben, um die Scheibe in seiner Hand schaukeln zu sehen, oh ja. Wie viel braucht ihr, rief er im Kurbeln, bis auf das Quietschen des Schneideblatts hörte er nichts, er schaffte sechs gleichmäßig geschnittene Scheiben, ruhig und konzentriert, er hatte sich Zeit gelassen. Das wird reichen, sagte er und präsentierte ihnen durch die Durchreiche den Brotscheibenstapel.

Auf dem Rückweg schaltete er das Radio ein.

Oh ja, oh ja, sagte die alte Frau Thiel, bevor sie anfing zu essen. Paul hatte ihr ein Brot mit Schmelzkäse gemacht, sie hielt es in ihrer linken Hand, die rechte ballte sie immer noch zur Faust. Auch während sie aßen sagte Frau Thiel immer wieder, oh ja, oh ja, oder nur jaja, sie hörte nicht auf. Was ist, fragte er einmal, fehlt Ihnen was? Er verfolgte ihren Blick zur Durchreiche. Was ist denn da? Oh ja, oh ja, antwortete sie, sie verband das, was sie sagte, mit dem Ausdruck des Erstaunens und wippte dabei vor und zurück, mit ihrem steifen Oberkörper, der zugleich schief war, wie einem unaufhörlichen Gegenwind ausgesetzt, und nur ihr kantiger Kopf hatte etwas Lotrechtes.

Jaja, sagte sie, als sie ihre Schnitte aufgegessen hatte. Auch G. war jetzt mit dem Abendbrot fertig, er aber hatte kaum etwas gegessen, seine angebissenen Gurken lagen noch auf dem Teller. Er stand auf, ging zum Radio und schaltete in ein anderes Programm. Die Nachrichten dort hatten bereits angefangen, aus der Hauptstadt eines fernen, östlichen Landes wurden Unruhen gemeldet, Chemikalien hatten, nach dem Brand in einer Fabrik, einen Fluss verseucht, und schon kündigte der Sprecher den Wetterbericht an – im selben Moment verschüttete Paul seinen Tee, er hatte seine Tasse zu weit auf den Rand der Untertasse gestellt. Warum machst du auch meine Tasse so voll, sagte er zu G. Jetzt, während sie aufstand, um aus der Küche einen Lappen zu holen, sah er genau hin, als er den Tee aus der Untertasse in die Tasse goss, dann stand er auf und nahm den ihm wortlos durch die Durchreiche hingehaltenen Lappen.

Über den Flecken auf seiner Hose wischte er zuerst, er verrieb ihn zu einer großflächigen, feuchten Stelle. Auch die Tischdecke war nicht mehr zu retten. Das kommt ja sowieso alles in die Wäsche, sagte er. G. nickte, sie wischte den Tisch unter der Tischdecke ab, trug den Lappen in die Küche, spülte und wrang ihn aus, und legte ihn zurück in die Durchreiche, da lag er nun, ein feuchter Haufen, der sich langsam wieder auffaltete. Stimmt doch, sagte er zu Frau Thiel. Jaja, erwiderte sie und hob die linke Hand, mit einer Bewegung, als wolle sie ihm winken. Was soll das heißen, fragte er. Ja, sagte sie. Ach so, sagte er und schaltete das Radio aus.

Später räumte G. das Geschirr fort und wusch es ab, er hörte sie damit klappern, es kam ihm laut vor. Zwischendurch nahm sie den Lappen aus der Durchreiche, sie drückte ihn so fest zusammen, dass ihre Knöchel weiß wurden.

Als er seine Tasse, die G. auf dem Tisch stehen gelassen hatte, ein zweites Mal überschwappen ließ, sagte er, du bist aber auch selbst schuld. Diesmal wischten sie den verschütteten Tee mit der Tischdecke auf, ein Rest zog allmählich in das Holz der Tischplatte ein.

Bald darauf saßen sie in ihren Sesseln vor dem Fernseher und sahen die Berichte vom Tage, sie hatten Frau Thiel aufgeholfen, ihren Stuhl zum Fernseher hin gedreht und sie vorsichtig wieder heruntergelassen. Aber es hatte immer noch danach ausgesehen, als vermisse sie etwas in der Durchreiche, nur dass die Durchreiche jetzt die Terrassentür war und ihr Blick ins Dunkle ging, und deshalb war es notwendig gewesen, sie erneut aufzurichten und den Stuhl so zu platzieren, dass der Fernseher ungefähr dort in ihrem Blick stand, wo zuvor etwas in der Durchreiche, von der sie bis zum Schluss nicht hatte ablassen können, fehlte.

Die Wettervorhersage, sagte der Nachrichtensprecher.

Da wachte er vor dem Fernseher auf und sagte über die Schulter zu G., ich habe Appetit, haben wir was im Kühlschrank, irgendetwas Besonderes? Er wandte sich um. Aber G. war noch nicht wieder da, sie hatte der alten Frau Thiel beim Anziehen geholfen und sich mit ihr auf den Weg gemacht, in einer halben Stunde bin ich zurück, hatte sie gesagt, und diese halbe Stunde war, wie er jetzt auf der Uhr im Fernseher sah, noch nicht um. Dann muss ich wohl selber, sagte er.

Im Kühlschrank entdeckte er bei den Marmeladengläsern den Rest einer Tafel Schokolade, den er erst herausnahm, dann aber zurücklegte, stattdessen entschied er sich für den letzten Becher Joghurt. Dahinter kam eine alte Tube Senf zum Vorschein, die er herauszog, eine Weile in seinen Fingern drehte und mit einem Stirnrunzeln betrachtete. Sie war ein paar Wochen über der Zeit, er legte auch sie wieder zurück. Er schloss den Kühlschrank, stellte den Joghurt darauf ab und nahm einen Löffel aus der Schublade, der etwas größer war als ein Teelöffel, drei kleine Bälle zierten den Stiel.

Er hatte die Lasche des Joghurtbecherdeckels schon zwischen den Fingern, als er noch einmal innehielt. Als habe er sich geirrt, schüttelte er den

Kopf, er las die Schrift auf dem Etikett. Dann zog er, in Gedanken versunken und doch vorsichtig, damit nichts einriss, den Deckel auf, hielt erneut inne, ließ den nicht ganz geöffneten Becher stehen und ging in den Flur, wo er in den Taschen seines Mantels zu wühlen begann. Er zog seinen zerknüllten Beutel heraus, er war leer, bis auf ein paar Krümel, die beim Umstülpen auf den Boden fielen.

Wo hast du denn den Joghurt hingetan, sagte er zu G., als sie heimkam, er hatte sie gleich an der Haustür abgefangen. Sie konnte ihn durch ihre beschlagene Brille kaum sehen, welchen Joghurt, fragte sie und zog den Mantel aus, sie setzte das Strickhütchen ab. Dann ging sie in die Küche, da steht doch einer, sagte sie und zeigte auf den geöffneten Becher neben dem Kühlschrank. Aber den meinte er nicht. Ungeduldig knüllte er den Beutel zusammen und warf ihn zu seinen Hüten auf der Garderobe. Haben wir wenigstens noch ein paar Bonbons, fragte er.

Zurück in der Küche, öffnete er den Schrank über der Besteckschublade und sprach durch die Durchreiche zu G., die den Fernseher ausschaltete und die Sessel richtete. Waren die nicht bei deinen Backsachen, fragte er. Er horchte einen Augenblick. Hörst du mir überhaupt zu? Ihr Gesicht erschien in der Durchreiche, sprichst du mit mir, fragte sie. Da ging er ärgerlich in den Flur und wühlte wieder in seinen Manteltaschen, förderte Bonbonpapier und einen Kassenzettel zutage, und etwas Silberfolie, die zu einem Kügelchen zusammengepresst war, er warf es in die Küche, in Richtung des Spülbeckens, ohne zu sehen, ob er getroffen hatte.

Er probierte es ein letztes Mal. Von innen klopfte er gegen die Taschen des Mantels. Er fühlte dort etwas. Es war kalt und wog schwer in der Hand, das goldene Feuerzeug. Sieh mal, sagte er zu G., die im Schlafzimmer die Überdecke von den Betten nahm. Er gab es ihr. Sie reichte es ihm wortlos zurück, sie hatte es sich kurz angeschaut und gleich die beiden Buchstaben entdeckt. Na, was sagst du, bohrte er. Sie sagte nichts, sie beugte sich wieder hinunter und schüttelte ihr Kissen auf, als unterbrächen seine Fragen sie nicht im Geringsten. Nun komm, drängte er, du glaubst doch wohl nicht, dass – sie wurden gestört, das Telefon klingelte. Jetzt noch, sagte er, das ist bestimmt Professor Schneider.

Dass du dich auch mal wieder meldest, sagte er am Telefon, und dann so spät, wir gehen gerade ins Bett, hörst du, was gibt's? Er hörte eine Weile zu, bis er G. im Hintergrund bemerkte, sie hatte sich ins Wohnzimmer gestohlen und schaute ihn an, als wolle sie wissen, wer da anrief. Moment mal, sagte er, Mutter will was. Er hielt die Sprechmuschel zu. Unser Junge, sagte er. Sie blieb vor ihm stehen und starrte ihn an, und er nahm die Hand von der Sprechmuschel und sprach weiter. Mutter will wissen, was die Zwillinge machen, sagte er hastig, warte, ich gebe sie dir.

Er warf das Feuerzeug in die Küchentischschublade, schob sie wieder zu, mit einer Leichtigkeit, die ihn beinahe aus dem Gleichgewicht brachte.

Auf dem Weg zur Kellertreppentür blieb er stehen. Ich gehe mal kurz runter, sagte er zum Wohnzimmer hin und streckte den Kopf vor, um nach G. zu schauen. Sie reagierte nicht. Sie saß im Nachthemd vor dem Fernseher und sah das Spätprogramm, ein paar Leute waren zu sehen, die miteinander sprachen und lachten, mit weit aufgerissenen Mündern.

Hörst du, rief er und steckte nochmal den Kopf zur Kellertür hinaus, er war schon zwei Stufen hinuntergegangen.

Er schloss die Kellertür hinter sich, machte Licht und ging die mit einem harten, etwas abgetretenen roten Teppich ausgelegte Treppe hinunter. Unten angekommen, führte ihn der Teppich durch den Vorraum mit den Marmeladen, Getränken, Dosenvorräten, mit den sperrigen Küchengeräten zum Mischen und Zerkleinern, mit Pfannen, Kuchenformen und Töpfen, die selten gebraucht wurden. Unter der Treppe standen Schuhe, die ordentlich aufgereiht waren, an einem Paar klebte frische Erde, ein schwarzblau verfärbter Lappen quoll aus der Schublade des Schemels daneben, es roch nach Schuhcreme. Hinter der Tür zur Rechten hörte er die Heizung summen.

Die Tür zur Garage klemmte, er musste, um sie aufzudrücken, seinen Oberkörper zu Hilfe nehmen. Der rote Teppich leitete ihn, gegenüber dem Garagentor, das bis fast zur Unverschließbarkeit verzogen war, an der hinteren Wand entlang, über den Betonboden, den Reifenspuren bedeckten, sie hatten sich im Laufe der Jahre immer dichter überlagert, zu zwei schwarzgrauen, von ebenso dunklen, doch auch helleren Ölflecken verbundenen Streifen, die auf den Teppich zuliefen, er war an der Stelle ihrer Berührung leicht ausgefranst.

Paul schritt jetzt an der Werkbank vorbei, an den verstaubten Werkzeugen, die von der Unterseite eines Regals herabhingen, und auf dem Regal stand eine Front eng aneinandergerückter Schachteln, Dosen, Kartons, auch durchsichtiger Kästen, in denen die Farben anderer Verpackungen zu sehen waren.

Hinter der Werkbank öffnete er eine weitere Tür. Der Geruch eines Waschmittels schlug ihm entgegen. Er machte Licht. Hier, mitten in dem Raum, den er nun betrat, endete der rote Teppich, bei der Waschmaschine und bei einem alten, leeren Badezuber, über dessen Rand schmutzige Bettwäsche geworfen war. Paul ließ seinen Blick darüber hinwegwandern, zu einem Wäscheständer und zu einem Stapel frisch gewaschener Handtücher darauf, und schräg dahinter, die Tür zu einem anderen Raum versperrend, stand das alte Küchenbüfett, etwas verdeckt von den beiden Unterhemden, die auf den Leinen hingen, gerade so weit auseinander, dass er die Bücherrücken hinter den Glastüren erkennen konnte, und die übereinander gestapelten Kästen der Gesellschaftsspiele. Dann glitt sein Blick weiter, zu der großen Uhr neben dem Büfett, eine, wie man sie auf Bahnhöfen findet, und über die Wand und entlang der Zementwulste, die zwischen den schmutzig weißen Mauersteinen hervorquollen, zu den beiden Kellerfenstern, hinaus in die Dunkelheit, zu einem gelblichen Licht, und mit einem Ruck zurück in den Keller. Er schaute auf den Boden, sah die Abdrücke von Hundepfoten, die vor langer Zeit im noch nicht trockenen Zement eine Spur hinterlassen hatten, eine Spur, die ebenso plötzlich endete wie sie begann.

Durch die Waschküche gelangte er zur Tür, die hinausging zum Garten. Neben ihr hing das Gartengerät, der Laubbesen lehnte an der Wand, ein paar Blätter zwischen den Fingern. Auch die alten Farbeimer waren nicht weit, aus einem ragten Spitzhacke, kleine Harke und Handschaufel, die Gummihandschuhe hingen über dem Rand. Das Gartenmobiliar war auf der anderen Seite gestapelt. Er schaute durch das verschmutzte Fenster der Tür hinaus zur Treppe und über die Treppe hinauf in den dunklen Garten, und er drückte die Klinke herunter. Die Tür war verschlossen. Er rüttelte an ihr.

Während das Badewasser einlief, zog er sich aus. Mühsam ließ er sich auf die Bettkante hinunter, suchte mit der Hand nach einem Halt, aber der Nachttisch war zu weit entfernt, und so sackte er auf dem letzten Stück unbeholfen herab. Er legte eine kurze Pause ein. Er musste jetzt die Strümpfe in Angriff nehmen, und die Hose, das Hemd, die Unterwäsche. Die Strümpfe verhakten hinter seinen verkrallten Zehen, und auch die Hose ließ sich, nachdem er Gürtel und Reißverschluss geöffnet hatte, nicht einfach herunterzerren. Er zwang sich hoch, da rutschte sie von selbst ein Stückchen herab, und er plumpste zurück. Aber das reichte nicht. Immer noch klemmte die Hose zwischen Bein und Bettkante fest, er saß auf ihr, er musste sich aufrappeln und ein zweites Mal zerren. Jetzt fiel sie.

Das Hemd war einfach aufzuknöpfen. Mit der Unterwäsche mühte er sich wieder stärker ab, aber er vergaß die Strapazen des Ausziehens, indem er sich in dem Spiegel betrachtete, der in eine der Schranktüren eingelassen war. Daneben hing, sein Spiegelbild fast zur Hälfte verdeckend, ein hellblauer Bademantel auf einem Bügel, dessen Haken die Tür einen Spaltbreit geöffnet hielt. Paul nahm den Bademantel herunter, wollte ihn überstreifen, doch sein Blick fiel auf die auf dem Boden liegenden Kleider, die er entwirrte, glättete und über die Lehne des Stuhles am Fenster legte.

Dann zog er den Bademantel an. Ohne hinzusehen versuchte er, den Gürtel durch die Schlaufen zu führen, bekam sie aber nicht richtig zu fassen;

immer wieder führte er den Gürtel an ihnen vorbei, sodass er ihn schließlich mit einem festen Knoten auf seinem Bauch zuband.

Er öffnete das Fenster. Die Tannen zum Nachbargrundstück hoben sich vom dunklen, leicht gelblichen Nachthimmel ab, weiter hinten sah er die Querstange des Schaukelgerüsts. Die Bäume bewegten sich nicht. Feuchte Luft strich durch das geöffnete Fenster herein, es war kälter geworden. Paul zog die Vorhänge zu.

Bevor er das Schlafzimmer verließ, wollte er das Lämpchen auf dem Nachttisch anknipsen, bekam aber den Schalter nicht zu fassen, der in der Spalte zum Bett eingeklemmt war, und ungeduldig zog er am Kabel, doch ohne Erfolg. Schließlich, halb unfreiwillig, halb aus Ärger, stieß er gegen den Nachttisch, und dieser drückte den Schalter so an das Bett, dass das Licht plötzlich wie von selbst anging.

Er rückte den Wecker, das Buch, das halb gefüllte Wasserglas und den Stift auf der das Holz schützenden Glasplatte zurecht, und als er sich davon abwandte, stieß er aus Versehen wieder gegen den Nachttisch, das eben eingeschaltete Licht erlosch. Er aber schien nichts davon zu bemerken, unter der Bettdecke fand er seinen Schlafanzug, den er sich über den Arm legte. Drüben, auf G.s

Seite, war schon alles hergerichtet, nur ihr Nachthemd fehlte, das Licht ihres Lämpchens flackerte ein bisschen. Er schlug seine Bettdecke zurück, strich darüber, zärtlich fast, er hörte G. im Wohnzimmer rumoren. Dann ging er, er war barfuß. Mit einer beiläufigen Bewegung schaltete er, als er vom Schlafzimmer in den Flur trat, das Deckenlicht aus.

Als er ins Bad trat, trieb G.s großer, zerklüfteter Schwamm auf dem Badewasser, er drehte sich langsam um die eigene Achse, angestoßen von den kleinen Wellen, die durch das einlaufende Wasser entstanden. Paul stellte es ab, wrang den Schwamm aus und legte ihn auf den Badewannenrand, an den Platz der Seifendose, die er mit zum Waschbecken nahm. Ein paar weiße Haare hingen in der Bürste auf dem Spiegelbord. Er schaute zur Uhr, einem kleinen Wecker, der auf der Ablage über dem Heizkörper stand, er sah, dass es halb zwölf war. Er seufzte. So spät schon, murmelte er und zog sich aus, er hängte den Bademantel auf einen Haken an der Tür, legte seinen Schlafanzug darüber, und für eine Weile lauschte er dem Rauschen in den Heizungsrohren, die aus dem Keller ins Obergeschoss führten, und dem Pfeifen darin, das immer höher klang, sodass er es bald nicht mehr hörte.

Mit einer langstieligen Bürste begann er, seinen Körper abzuschrubben, er tat es mit ruhigen, kreisenden Bewegungen, nur an manchen Stellen verharrte er länger, so als müsse er dort eine Unebenheit beseitigen, mit seinem Waschlappen, einem länglichen, rauen Stück Stoff aus alten Tagen, rieb er nach.

Er trat näher ans Waschbecken heran. Er seifte sich ein. Es schmerzte, wenn er versuchte, an entfernte Stellen seines Körpers zu gelangen. Ein paar rötliche Flecken auf seinem Arm beunruhigten ihn, er wischte den Seifenschaum beiseite und kratzte sich.

Sein Haar wusch er nur oberflächlich, er fuhr ein paar Mal mit der nassen Hand hindurch, plötzlich innehaltend, als er G.s Schritte auf der Treppe nach oben hörte, er lauschte ihnen nach.

Zuletzt spülte er seinen Waschlappen aus, er sah das Wasser mit dem Schaum auf das Loch des Abflusses zustürzen und hinunterstrudeln, drehte den Hahn ab und hörte, sobald das letzte Wasser verschwunden war, ein Röcheln aus den Tiefen emporsteigen. Er drehte den Hahn wieder auf, er hatte vergessen, den Schaum, der noch an seinen Händen klebte, abzuspülen, und auch als der Schaum längst verschwunden war, ließ er das Wasser noch über seine Hände laufen, er hörte ihm beim Abfließen zu, ein lang anhaltendes Gurgeln ertönte, wie in einem Gefäß, das aufgefüllt wurde, hastig drehte er den Hahn wieder zu.

Aber noch hatte er das Waschbecken nicht gesäubert, und nachdem er eine Weile gewartet hatte, lenkte er mit der Hand einen schwachen Strahl gegen die Seiten des Beckens, spritzte, als spielte er damit, überall hin, wo er noch Schaumspuren sah, zerstörte den weißlichen Ring der Ablagerungen, spülte die Härchen, die am Beckenrand klebten, hinunter, er kratzte über einen Rest Zahnpasta. Er drehte das Wasser ab. Im nächsten Augenblick fing er an zu frieren, jäh richteten sich seine Körperhärchen auf, sein Glied hatte sich in sich selbst verzogen, sein kaltes, feuchtes Haar sah steif aus.

Er schüttelte den Kopf. Dann stützte er sich mit einer Hand am Heizkörper ab, hob sein rechtes Bein an und versuchte, den Fuß ins Waschbecken zu stellen, gegen den Schmerz, der ihn durchzuckte, aber es gelang ihm nicht, er geriet ins Schwanken, er musste das Bein wieder absetzen. Nach einer kleinen Pause versuchte er es ein zweites Mal, aber erneut scheiterte er. Erst nach mehreren Anläufen glückte es ihm, seinen Fuß ins Waschbecken zu bugsieren, sein Gesicht war schmerzverzerrt, er zitterte ein wenig, und während er seinen Fuß zu waschen begann, musste er, um das Gleichgewicht halten zu können, seinen Stand korrigieren. Den linken Fuß zu waschen, fiel ihm leichter, es schien, als fände er durch die Gründlichkeit, mit der er das tat, einen immer sichereren Halt; lange rieb er mit seinem Waschlappen über die Ferse und über die Zehenballen, und auch zwischen den Zehen, die er einzeln hin- und herbog, wie um ihre Gelenke zu lockern, übersah er nichts. Zuletzt ließ er abwechselnd warmes und kaltes Wasser über den Fuß laufen, auch über den rechten, den er ein zweites Mal ins Waschbecken stellte, es ging jetzt leichter.

Wieder auf beiden Beinen stehend, legte er sich seinen Waschlappen um den Hals, und während er begann, erneut das Waschbecken zu säubern, lief ein zweites Frösteln über ihn. Er schien zu stocken. Etwas hemmte seine Bewegungen, sie wurden immer langsamer, als wüsste er auf einmal nicht mehr, was zu tun sei – bis er erstarrte, den Blick auf den Spiegel gerichtet, er sah schräg hinter sich die Tür mit dem Bademantel, sein Schlafanzug war heruntergefallen. Er drehte sich um, sein Blick streifte den Wecker. Es war kurz vor Mitternacht. Ohne Umschweife ging er zur Badewanne und stieg hinein.

Reglos, seinen Waschlappen säuberlich zusammengelegt neben sich auf dem Badewannenrand, saß Paul im heißen Wasser. Noch rissen Dampffetzen von der Oberfläche ab. Einmal, als plötzlich ein paar Tropfen rasch hintereinander aus dem Wasserhahn fielen, hob Paul die Hand, er versuchte, ihn fester zuzudrehen, doch er ließ sich nicht mehr bewegen. Das unruhige Wasser schwappte in den Überlauf und brachte die Kette, an der, wie ein Anker, der Badewannenstöpsel hing, zum Schaukeln.

Das Badezimmer war erfüllt von dem hellen, fast festlichen Licht, das die Leuchtröhre über dem Spiegel und die Deckenlampe ausströmten, es hob jedes Ding einzeln hervor, das Parfümfläschchen und die Bürste auf dem Bord unter dem Spiegel, das Zahnputzzeug in den beiden von klammerartigen Griffen gehaltenen Bechern, den Wecker auf der Ablage über der Heizung, den schlaffen Haufen seines herabgefallenen Schlafanzuges, dessen Ärmel und Hosenbeine ineinander verschlungen waren.

Zwischendurch gab es einen trockenen, metallischen Schlag in den Heizungsrohren, und Paul hörte etwas herabrieseln. Er schaute auf. Das Rauschen war verschwunden. Die Decke über den Heizungsrohren sah schwärzlich aus, wie überzogen von rußigem Staub, ein feiner Riss zog sich von dort die Wand hinunter. Der zweite Schlag war leiser, eher ein Knacken, das Rieseln blieb aus. Paul zog seinen Blick zurück, er bemerkte, dass sich auf seiner Netzhaut eine Schliere abzeichnete, die zur Seite wich, sobald er versuchte, sie anzustarren; vermied er es aber, sie oder etwas anderes mit seinen Blicken zu fesseln, trieb sie langsam durch sein Blickfeld, und so wartete er, bis sie verschwunden war.

Etwas später, als er die Hand aus dem Wasser hob, um sich zu vergewissern, dass der Waschlappen noch sicher auf dem Badewannenrand lag, fühlte er einen kalten Hauch auf dem Handrücken, und er musste ihn reiben und zum Fenster schauen. Es war geschlossen, die Scheibe beschlagen. Paul spürte die Kälte auch auf der Stirn.

Er vernahm jetzt, während seine Hand, die in der Zugluft wie zu einem Schwur erstarrt war, immer noch aus dem Wasser ragte, das leise Ticken des Weckers, das sich, als er den Atem anhielt, um ihm besser lauschen zu können, auf einmal leiser anhörte, und das gleich darauf von einem zweiten Geräusch überlagert wurde, dem der anspringenden Heizung im Keller. Paul hob den Blick, als sähe er in diesem Moment, wie sie stotternd anlief, folgte dann aber eine Weile dem Sekundenzeiger des Weckers, im Ohr das wellenartig anschwellende Heulen der Heizung, das bald in jenes Summen überging, das er bereits am Fuße der Kellertreppe gehört hatte, und etwas verzögert setzte auch das Rauschen in den Rohren wieder ein, mit einem Widerhall, der klang, als käme er aus einem viel größeren Raum als dem Keller, so groß, dass sich seine Wände in der Dunkelheit verloren.

Er nahm seine Hand zurück ins Wasser, Wellen schwappten gegen den Badewannenrand. Dann schloss er die Augen, und tauchte unter, langsam, in einer ununterbrochenen, ruhigen Bewegung, über ihm brach das Wasser herein, die Umrisse seines Körpers zerschwammen, nur die Knie ragten in die Luft, wie Inseln. Er hielt inne. Ein paar Luftblasen stiegen auf. Allmählich verbanden sich seine Umrisse wieder. Sein blasses Gesicht sah flach aus, seine Augen, die er jetzt öffnete, waren groß und klar.

Ebenso ruhig tauchte er auf. Er atmete gleichmäßig und tief. Er wischte sich das Wasser aus dem Gesicht, fuhr durch sein Haar und schaute abermals auf die Uhr. Der Schirm der Deckenlampe warf einen fast unsichtbaren Schatten über das Zifferblatt.

Nach Mitternacht begann er mit den Händen durch das Wasser zu rühren, als wolle er schwimmen, ein gleichmäßiges Plätschern durchzog die Stille, die umherwirbelnden Luftblasen kitzelten ihn. Eine Weile machte er so weiter, bis er seine Hand auffahren ließ, dass das emporgehobene Wasser klatschend zurückfiel, er wischte sich über die Stirn, rieb sie, hielt inne, berührte sie nur noch leicht mit den Fingern, ein Tropfen perlte von seinem Arm ab und tauchte ins Wasser, es hörte sich laut an. Er fühlte jetzt eine Hitze im Kopf. Die Zugluft ließ nach, die Wärme des Heizkörpers strahlte herüber. Im Nacken fror er. Er sank wieder tiefer.

Nicht lange nachdem sich das Wasser von seinem Sinken beruhigt hatte, hörte er, dass G. im Obergeschoss etwas herumräumte. Er schaute hoch. Das Deckenlicht blendete ihn.

Er nahm sein Gebiss aus dem Mund, legte es in ein verschließbares Gefäß, das er aus einem Fach seines Nachttisches genommen hatte, und stellte es dorthin zurück. Dann fuhr er sich mit dem Zeigefinger in den Mund, er rieb über den Gaumen, drückte auf den Innenseiten der Wangen herum, betastete die weichen Stellen unter der Zunge, so als suche er dort etwas, das er unbedingt finden müsse, jetzt, vor dem Einschlafen, und aus dieser Suche heraus nahm er sich schließlich den Stumpf eines unteren Schneidezahns vor, er rieb ihn so lange, bis er sich glatt und sauber anfühlte. Blindlings griff er daraufhin in das Nachttischfach, zog einen Spiegel heraus und richtete das Licht der Nachttischlampe, die, als er ins Schlafzimmer getreten war, wieder gebrannt hatte, auf sich, er sperrte den Mund auf. Ein paar Stümpfe, sonst nichts. Er lächelte. Er sah seinen Kopf auf dem Kissen. Wenn er den Mund schloß, fielen seine Wangen ein, ohne Zähne verbitterte er.

Im Badezimmer war G. dabei, sich die Zähne zu putzen, er hörte, wie sie ausspuckte, und mit einem Stirnrunzeln wandte er sich zur Seite, er legte den Spiegel hinter das Gefäß mit dem Gebiss zurück, ohne Vorsicht, als wolle er nicht wissen, was er da tat. Er seufzte und lag still, die Hände unter der Bettdecke. Nicht lange ruhte er so. Er holte eine Hand wieder hervor und begann mit den Fingern unter dem Bett etwas zu suchen, er musste eine Weile durch den Staub tasten, bevor er ihn berührte, einen Stock mit kleinen Astlöchern, auf den Wanderplaketten genagelt waren. Er ergriff ihn, stellte ihn, während er sich aufsetzte, vor sich hin, auf Anhieb zog er sich hoch. Der Stock hielt ihn, und Paul widerstand einem Schwanken. Na bitte, sagte er, keine Sorge, und er setzte sich wieder hin, stellte den Stock auf die linke Hand und balancierte ihn, in kreisenden, bald zurückweichenden Bewegungen, er bot etwas an, reichte es hierhin und dorthin, zog es jedoch, bevor noch jemand zugreifen konnte, weg – und mit einem Augenzwinkern fing er den umstürzenden Stock auf. Er machte es sich wieder im Bett bequem, glättete die Bettdecke, die er bis ans Kinn zog, platzierte den Stock in der Kuhle zwischen den Beinen, und lag reglos, er sah den Wasserfleck neben dem Fenster, eine Wolke mit gelblichem Rand.

Als G. aus dem Bad kam, hatte er den Stock erneut hochgenommen und fuchtelte damit in der Luft. Ich habe heute so ein Kribbeln im Arm, sagte er, das geht gar nicht richtig weg. Er legte den Stock wieder unters Bett, rückte ihn behutsam zurecht, sodass er, sollte er abermals danach suchen, ihn sofort ergreifen konnte, seine zitternden Finger tippten über das unebene Holz und über die Wanderplaketten. Dann ließ er ihn los.

Willst du uns noch etwas vorlesen, fragte er G. und reichte ihr das dicke Buch, das auf dem Nachttisch lag. Sie blätterte darin und machte ihm Vorschläge. Er fand nichts Geeignetes, was ihm für die Nacht gefallen hätte, und so bat er sie, das Licht zu löschen, löschte sein eigenes und wünschte ihr eine gute Nacht.

Während G. sich umdrehte und ihm den Rücken zuwandte, blieb er liegen wie zuvor. Er hörte, dass im Keller das Summen der Heizung abbrach; er sah den Schrank, der ihm dunkel drohte, und den noch dunkleren Strich des vom Bademantelbügel offen gehaltenen Schranktürspaltes, er sah die beiden Koffer, die obenauf lagen, und neben ihnen einen schmalen Streifen Wand, der schwach zu leuchten schien, er wandte seinen Kopf um. Draußen war Licht zu sehen, das Licht der Straßenlampen, in der Siedlung und an der Hauptstraße, das Licht entfernter Ortschaften und Städte, wie durch etwas Fadenscheiniges drückte es sich durch die Vorhänge und warf sich, gräulich geworden, mit dem schemenhaften, schrägen Schatten des aufgekippten Fensters an jene Wand, zu der G. hin lag.

Er schloss die Augen, öffnete sie wieder und drehte sich auf die Seite, er sah G.s Rücken. Um ihn berühren zu können, schlug er ihre Bettdecke zurück, wollte ihr Nachthemd hochschieben, aber sie lag darauf. Er bemühte sich, es unter ihrem Gewicht hervorzuzerren, und auf einmal gab sie, indem sie den Hintern hob, nach. Er begann, ihr über den Rücken zu streichen, er tat es langsam und an den Stellen verweilend, die ihm rau erschienen, und er hörte nicht eher auf, bis dass er ihren Rücken überall glatt und warm gestrichen hatte.

Ein paar Stunden später wollte er sich zu ihrem Mund hinunterbeugen, stieß aber mit seinem Kopf gegen ihren Rücken. Er murmelte etwas vor sich hin, das wie eine Entschuldigung klang, und als sie ungestört weiterschlief, setzte er die Suche nach ihrem Mund fort und stieß abermals mit dem Kopf gegen ihren Rücken. Sie bewegte sich, wachte aber nicht auf. Er versuchte, etwas zu sagen, presste aber nur ein paar unverständliche Laute hervor; er hielt sein Ohr in die Richtung, in der er ihren Mund vermutete, als glaubte er, dass sie im Schlaf sprach und er es zu hören hatte, und er beugte sich noch weiter vor, drohte, auf ihren Körper zu kippen, beherrschte sich aber, verharrte so, über sie gebeugt, und horchte wieder, er starrte jetzt, vor Anstrengung zitternd, das an, was er für ihren Mund hielt, eine Locke über ihrem Ohr.

Schließlich fiel er kraftlos zurück, und im Zurückfallen gelang ihm eine Drehung, die so zufällig war, dass er sie kaum noch hätte erhoffen oder gar wollen können, und die es ihm ermöglichte, auf den Schrank zu schauen und dort die tanzenden Schatten, die er seit Jahren kannte, zu betrachten. Draußen prasselte der Regen gegen die Fenster, und wenn ein Windstoß die Tanne vor der Straßenlampe zur Seite bog, fiel ihr Licht ungehindert durch die sich aufblähenden Vorhänge ins Zimmer und auf seinen Kopf, der jetzt fast vom Kissen gerutscht war, sein zerzaustes Haar stand nach allen Seiten hin ab. Er hatte sich entblößt; die Bettdecke lag halb auf dem Boden, halb über seinen Füßen, und die Schlafanzughose hing in Fetzen an seinem rechten Bein, das er aus dem Bett gestreckt hatte. Sein Gesicht sah ruhig aus, es war von einer Blässe überzogen, die die Augen in die Höhlen seines Schädels einsinken ließ, gleichmäßig und sanft.

Aber G. schlief fest, er konnte sie nicht mehr erreichen.

Aus der Höhe über ihm näherte sich etwas, und er wusste nicht, was es war, es fesselte ihn in seinem hingekrümmten Körper, erfasste seine Augen und sein Haar, drang in seinen Kopf ein, breitete sich blitzschnell dort aus, und wuchs und wucherte, und fand keinen Platz mehr, drängte, auf der Suche nach einem Schlupfloch, immer stärker hinaus, gegen die Wände des Schädels, der jetzt zum Zerbersten gefüllt war, und ließ Schaum vor seinen Mund treten, doch seinen Mund selbst erfasste es nicht, denn er öffnete ihn unter Qualen. Ja, sagte er. Das Zittern, das ihn danach ergriff, dauerte auch in jener Morgenstunde noch an, da G. aufwachte und entdeckte, dass ihm etwas zugestoßen war.